FICHES

Spécial BAC

1re

Français

Sylvie Coly
Professeure certifiée de Lettres

MAGNARD

Sommaire

Le roman et le récit du Moyen Âge au XXIe siècle

FICHE 1 Du récit médiéval au roman du XVIIe siècle 5
FICHE 2 Du roman du XVIIIe siècle au récit romantique 7
FICHE 3 Du roman réaliste au roman moderne 9
FICHE 4 Intrigue, chronologie et personnages 11
FICHE 5 Narration et modalisation 13
FICHE 6 **MÉTHODE** Vers le commentaire 15
FICHE 7 **BILAN** Le roman et le récit du Moyen Âge au XXIe siècle 17

Le théâtre du XVIIe au XXIe siècle

FICHE 8 La parole au théâtre 19
FICHE 9 Le théâtre au XVIIe siècle 21
FICHE 10 Du théâtre du XVIIIe siècle au drame romantique 23
FICHE 11 Le théâtre moderne 25
FICHE 12 L'espace théâtral et la mise en scène 27
FICHE 13 **MÉTHODE** Vers l'épreuve orale 29
FICHE 14 **BILAN** Le théâtre du XVIIe au XXIe siècle 31

La poésie du XIXe au XXIe siècle

FICHE 15 Forme poétique et versification 33
FICHE 16 De la poésie romantique au symbolisme 35
FICHE 17 Du surréalisme à la poésie contemporaine 37
FICHE 18 Les fonctions du poète et de la poésie 39
FICHE 19 **MÉTHODE** Vers la dissertation 41
FICHE 20 **BILAN** La poésie du XIXe au XXIe siècle 43

La littérature d'idées du XVIe au XVIIIe siècle

FICHE 21 Le vocabulaire de l'argumentation 45
FICHE 22 Démontrer, convaincre, persuader, délibérer 47
FICHE 23 Les genres argumentatifs directs : l'essai et la littérature morale 49
FICHE 24 Les genres argumentatifs indirects : l'apologue, l'utopie et la contre-utopie 51

FICHE 25 Humanisme, connaissance de soi et des autres 53
FICHE 26 **MÉTHODE** Vers l'analyse littéraire et la contraction de texte 55
FICHE 27 **BILAN** La littérature d'idées du XVIe au XVIIIe siècle 57

Notions d'analyse littéraire et iconographique

FICHE 28 Valeurs des modes et des temps verbaux..................... 59
FICHE 29 Le verbe et la construction du sens 61
FICHE 30 La phrase complexe, l'interrogation et la négation........... 63
FICHE 31 Analyser le lexique et l'image 65
FICHE 32 **MÉTHODE** Vers la question de grammaire.................... 67
FICHE 33 **BILAN** Notions d'analyse littéraire et iconographique 69

Registres de texte et figures de style

FICHE 34 Les registres comique, tragique et pathétique................ 71
FICHE 35 Les registres lyrique et épique................................ 73
FICHE 36 Les registres polémique, épidictique et didactique 75
FICHE 37 Les figures d'analogie et de substitution...................... 77
FICHE 38 Les figures d'amplification, d'atténuation et d'insistance 79
FICHE 39 Les figures d'opposition et l'ironie 81
FICHE 40 **MÉTHODE** Vers le commentaire................................ 83
FICHE 41 **BILAN** Registres de texte et figures de style 85

Les principaux mouvements littéraires et culturels

FICHE 42 Préciosité et classicisme.. 87
FICHE 43 Le mouvement libertin et les Lumières 89
FICHE 44 Le romantisme.. 91
FICHE 45 Le réalisme et le naturalisme.................................. 93
FICHE 46 Le Parnasse, la décadence et le symbolisme.................. 95
FICHE 47 Le surréalisme... 97
FICHE 48 De l'absurde au Nouveau Roman 99
FICHE 49 **MÉTHODE** Vers la dissertation................................ 101
FICHE 50 **BILAN** Les principaux mouvements littéraires et culturels.. 103

Méthode pour le Bac

FICHE 51 L'épreuve de Français.. 105
FICHE 52 Élaborer un commentaire ou une contraction de texte 107
FICHE 53 Rédiger une dissertation ou un essai.......................... 109

Du récit médiéval au roman du XVIIe siècle

FICHE 1

- Au Moyen Âge, le « roman » est un **récit d'imagination** composé en langue romane.
- Le roman, écrit en vers, puis **en prose dès le XIVe siècle**, est une œuvre qui s'attache à créer un univers donnant au lecteur **l'illusion du réel**.

I Le récit médiéval

1. La chanson de geste

- La chanson de geste est **un long poème célébrant les prouesses guerrières d'un chevalier**, inspiré de l'épopée.
- Au début du XIIe siècle, ***La Chanson de Roland*** évoque ainsi les exploits du neveu de Charlemagne. Les **descriptions violentes** de ces **batailles** du VIIIe siècle montrent des combattants aux qualités surhumaines.

2. Roman courtois et *fin'amor*

- Après 1150, apparaît la **littérature courtoise**, c'est-à-dire la littérature de la cour : **plus raffinée** que les chansons de geste, elle correspond à un **adoucissement des mœurs** de la noblesse sous l'influence de l'Église.

Les lais
Dans ces chansons du XIIe siècle, notamment écrites par Marie de France, **amour et merveilleux** se mêlent, préfigurant les romans courtois.

- Dans ces romans, le chevalier obéit à un code d'honneur : il doit servir son seigneur, prendre la défense des faibles et être fidèle à Dieu, à l'image de Tristan, dans *Tristan et Iseut* de Béroul. Il doit également faire preuve de **courage**, de **hardiesse**, de **générosité**, de **fidélité**, de **piété** et de **loyauté**.
- L'amour, très **codifié**, tient une grande place dans l'intrigue : le chevalier affronte en effet plusieurs épreuves pour **plaire à une dame** et atteindre l'idéal d'amour absolu, selon les lois de la *fin'amor*.

3. Les romans bretons de Chrétien de Troyes

- L'auteur le plus emblématique de la littérature courtoise est Chrétien de Troyes. Au XIIe siècle, il écrit un cycle de romans ayant pour héros les **chevaliers du roi Arthur**.

• Dans chaque roman, Perceval, Gauvain et leurs compagnons sont engagés dans une aventure où le **merveilleux** intervient, au même titre que l'analyse des **sentiments** et la description des **conditions de vie à la cour**.

• Ainsi, *Yvain ou le Chevalier au lion* met en scène le preux Yvain qui, pour conquérir sa dame Laudine, combat le géant Harpin de la Montagne et tue les démons d'un château maudit. Dans *Lancelot ou le Chevalier de la charrette*, Lancelot s'adonne lui aussi à la *fin'amor*.

II Le fléchissement du roman au siècle classique

1. Du roman pastoral au *Roman comique*

• Au début du XVIIe siècle, le genre romanesque peint un personnage parfait, évoluant dans une société idéale.

• De 1607 à 1627, est publié ***L'Astrée***, **d'Honoré d'Urfé**, un roman fleuve dont l'intrigue se déroule au Ve siècle, et qui met en scène des **nobles reconvertis en bergers** incarnant la **perfection morale et sociale**, dans une société idéale magnifiant les sentiments hérités de la littérature courtoise.

• À l'opposé, **Scarron**, avec le ***Roman comique*** (1651-1657), parodiant ces codes, propose des **histoires réalistes destinées à faire rire la cour**, en imaginant les aventures d'une troupe de comédiens ambulants près du Mans.

2. *La Princesse de Clèves* et l'individualisation du personnage

• En 1678, la parution de *La Princesse de Clèves* constitue un tournant déterminant vers l'individualisation du personnage.

• Dans ce roman bref à l'intensité tragique, que Mme de La Fayette inscrit dans le cadre réel de la cour d'Henri II, l'héroïne, si elle reste idéale, n'en dévoile pas moins sa complexité grâce à l'emploi du **monologue intérieur**.

• Mariée, la princesse de Clèves reconnaît en effet être éprise d'un autre homme : elle n'est donc pas en cela un personnage modèle pour la société classique, même si elle ne cède pas à cet amour.

• La princesse de Clèves est tiraillée entre son **désir d'adultère** et l'**idéal d'honnêteté** promu par la société du XVIIe siècle : ce conflit psychologique montre que le personnage de roman s'affirme et se complexifie.

Du roman du XVIIIe siècle au récit romantique

FICHE 2

I Le roman du début du XVIIIe siècle

1. Les *Lettres persanes*

• L'esprit philosophique des **Lumières** pousse Montesquieu à la **satire** dans les *Lettres persanes* (1721), un **roman épistolaire** dans lequel Usbek et Rica, deux persans, passent au crible le ridicule de certains usages français dans les lettres qu'ils s'échangent lors de leur visite du pays.

2. Le roman de mœurs

• L'autre veine romanesque s'épanouissant **au XVIIIe siècle** est celle du **roman de mœurs**. *La Vie de Marianne* (1731-1741), de Marivaux, évoque les mésaventures d'une orpheline sans protecteur : si l'intrigue est complexe et le roman inachevé, le portrait psychologique de l'héroïne est subtil et nuancé.

• Au XVIIIe siècle, le roman cherche un **gage d'authenticité**. Dans ces récits, le prétexte du manuscrit trouvé donne l'occasion d'une **narration à la première personne**, qui montre que l'individu prend de plus en plus d'**autonomie**.

• Entre 1728 et 1731, l'abbé Prévost publie les *Mémoires et aventures d'un homme de qualité*, dans lesquels se trouve *L'Histoire du chevalier Des Grieux et de Manon Lescaut*. Ce roman de mœurs restitue la **société corrompue et immorale du XVIIIe siècle** dans laquelle évolue Manon Lescaut, jeune courtisane dont s'est épris le chevalier Des Grieux.

II À partir de 1750 : personnages idéalisés et passions amoureuses

1. *La Nouvelle Héloïse* : l'expression des sentiments

• En 1761, Rousseau publie *La Nouvelle Héloïse* : il peint avec **lyrisme**, dans ce roman épistolaire à l'intrigue simple, la **passion amoureuse interdite** de Julie, jeune noble, et de Saint Preux, aux origines plus modestes. Malgré la force de leur amour, la vertu triomphe.

• Le récit confirme la vogue du **roman épistolaire**, qui favorise l'expression des **points de vue** et des **sentiments** amoureux.

2. Une réflexion sur le genre romanesque

Jacques le Fataliste et son maître, de Diderot, révèle qu'une véritable réflexion sur l'essence du genre romanesque se fait jour : la forme du récit est déroutante, car le narrateur, souvent présent, **interpelle le lecteur** sur les choix d'écriture.

III Le récit romantique : du héros sensible à l'avènement du peuple

1. Des personnages idéalisés, sensibles et révoltés

Le mouvement romantique du début du XIXe siècle donne naissance à **un héros sensible et idéalisé**, à l'image du personnage éponyme de *René*, de Chateaubriand (1802).

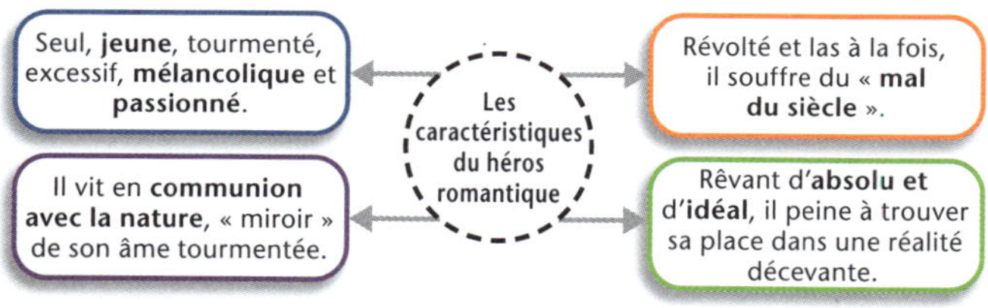

2. L'avènement du peuple

- Stendhal (1783-1842) signe les derniers émois du récit romantique. Si les héros de *La Chartreuse de Parme* (1839) ou du *Rouge et le Noir* (1830) partent à la **conquête du bonheur**, témoignant encore d'une certaine exaltation, le style sans fioritures de l'auteur le rattache aux **réalistes**.

- Le sujet du roman *Le Rouge et le Noir* est en effet tiré de la *Gazette des tribunaux* : le personnage de Julien Sorel est inspiré d'un homme ayant tenté d'assassiner son ancienne maîtresse, la mère d'enfants dont il avait été le précepteur. Sous-titré *Chronique de 1830*, le roman témoigne du climat politique de la Restauration.

- C'est à cette période que **le peuple** fait son entrée dans le roman, avec **son langage, ses préoccupations et ses conditions de vie**, comme en témoigne l'univers des *Mystères de Paris* d'Eugène Sue, en 1842-1843. Les personnages gagnent en profondeur et en diversité, tout en conservant bien souvent, à l'image de Jean Valjean dans *Les Misérables* (1862), une **dimension épique et exemplaire**.

Du roman réaliste au roman moderne

FICHE 3

I Le récit réaliste

1. La réalité telle qu'elle est

• Dès 1830, les écrivains et les peintres veulent décrire la réalité telle qu'elle est : ils souhaitent que le roman devienne le miroir de ce qu'ils voient.

• Balzac ambitionne ainsi, dans *La Comédie humaine*, de « faire concurrence à l'état civil ». Flaubert prône quant à lui l'observation objective de ses contemporains.

• Le roman et la nouvelle triomphent. Ils représentent le monde parisien ou provincial sans l'embellir, et mettent en scène des **personnages aux prises avec la réalité sociale et économique**.

2. Les personnages réalistes

• Comme Madame Bovary, le personnage éponyme du roman de Flaubert, les personnages féminins souffrent de la **déception** qu'ils ressentent face à une réalité qui ne correspond pas à celle à laquelle ils ont été préparés.

• Les personnages masculins, ambitieux, sont au centre du **« roman d'apprentissage »**. L'apprentissage est une réussite pour certains (dans *Le Père Goriot*, Rastignac se fait finalement un nom dans le monde), mais pour d'autres, à l'image de Frédéric, dans *L'Éducation sentimentale* de Flaubert (1869), c'est un échec.

• En suivant l'apprentissage du héros, le lecteur voit à l'œuvre les **rouages** et les **dessous de la société**.

II Le récit naturaliste

1. L'influence du milieu social

• À la fin du XIXe siècle, Émile Zola applique des **méthodes scientifiques** au roman, et impose le **courant naturaliste**.

• En 1880, dans *Le Roman expérimental*, il explique que les personnages sont soumis au déterminisme : ils subissent l'influence de **l'hérédité familiale** (qui conditionne leur **tempérament**), du **milieu social** dans lequel ils vivent, et des **circonstances** qu'ils traversent.

• Zola écrit une fresque de vingt romans, *Les Rougon-Macquart*, sous-titrée ***Histoire naturelle et sociale d'une famille sous le Second Empire*** (1871-1893). **Cinq générations** se succèdent, et chaque œuvre s'intéresse à un milieu particulier : *Au Bonheur des Dames* (1883) prend place dans un grand magasin tandis que *Germinal* (1885) met en scène des mineurs.

2. Le naturalisme de Maupassant

• Comme Zola, Maupassant (1850-1893) souligne la **logique de l'enchaînement des faits** dans le roman, mais sans s'appuyer sur les théories scientifiques.

• De ce fait, ses romans se finissent souvent sur un **constat d'échec** : Pierre et Jean, héros éponymes du récit, se quittent en frères ennemis et Jeanne, le personnage principal d'*Une vie,* ne goûte pas au bonheur.

III Le XXe siècle et la crise du personnage

1. *La Recherche*

• Comme dans les sept tomes d'*À la recherche du temps perdu* de Marcel Proust, le roman des années 1920 analyse minutieusement les **sensations** et les **sentiments** des personnages.

• Le style de Proust se distingue par des **phrases longues, à la construction complexe**, et par l'usage particulier de la **métaphore**.

2. La déconstruction du personnage

• La montée des totalitarismes en Europe met sur le devant de la scène des **héros engagés dans les conflits**, luttant pour leurs idées politiques.

• La Seconde Guerre mondiale donne naissance à des œuvres reflétant l'**absurdité** d'un monde où des personnages **isolés** peinent à trouver leur place. Aragon livre dans *Aurélien* (1944) les **atermoiements** d'un jeune homme se demandant s'il se ment à lui-même.

3. L'ère du soupçon

• En 1950, les **nouveaux romanciers** décrètent la notion de personnage caduque. Selon eux, la notion d'un personnage si réaliste, que le lecteur pourrait rencontrer dans la vie quotidienne, est illusoire. Ils le réduisent à l'anonymat et lui ôtent psychologie et idéologie.

• Le roman contemporain, enfin, peint la **déshumanisation** et la **confusion du monde**, entraînant l'errance temporelle et géographique de personnages comme Lalla, dans *Désert* de Le Clézio (1980).

Intrigue, chronologie et personnages

FICHE 4

I L'intrigue

• La plupart des récits respectent les différentes étapes du schéma narratif : situation initiale, élément déclencheur de l'action, péripéties, élément de résolution, situation finale.

• Au début du *Père Goriot* de Balzac (1835), Rastignac est un étudiant pauvre, venu étudier le droit à Paris. Son destin bascule lorsqu'il rencontre le misérable père Goriot. Après plusieurs **péripéties**, Rastignac réussit à atteindre une position sociale enviée. L'**élément de résolution** survient alors : le vieillard agonise, abandonné par sa famille. Son enterrement signe l'avènement de la **situation finale**, qui rétablit l'équilibre.

II Rythme et chronologie du récit

1. Jeux de temps et de chronologie

• Pour **rythmer son récit**, le romancier joue sur **l'élasticité** du temps. Les **scènes**, où le temps de la narration et le temps du récit coïncident (par exemple, dans les dialogues), alternent ainsi avec les **sommaires**, où une longue période ne fait l'objet que de quelques lignes. Stendhal résume ainsi l'enfance du héros de *La Chartreuse de Parme* : « Nous glissons sur dix années de progrès et de bonheur […]. »

• De plus, dans le roman, les événements ne sont pas toujours évoqués dans l'ordre chronologique.

Ellipse narrative : un ou plusieurs événements sont passés sous silence.
Analepse : un événement, qui s'est déroulé avant le temps de la narration, est raconté.
Prolepse : un événement, qui se déroulera après le temps de la narration, est raconté.

2. Des scènes importantes

• Le début du roman, l'**incipit**, correspond souvent à l'apparition du personnage principal. Ainsi, dans *Le Colonel Chabert* de Balzac (1844), dès les premiers mots, le lecteur est plongé au cœur de l'action : « "Allons ! encore notre vieux carrick !" Cette exclamation échappait à un clerc […]. » On parle alors d'un incipit *in medias res* : le lecteur est placé au milieu des événements, sans explications préalables.

• L'**excipit** (la fin du roman) se charge souvent d'une **haute valeur symbolique** : dans *Germinal*, de Zola, Lantier apparaît ainsi marchant sur la route, dans la même situation que dans l'incipit, afin que le lecteur mesure le chemin parcouru.

• Les **scènes de première apparition, de rencontre et de séparation** constituent des lieux communs romanesques, qui permettent à l'écrivain de mettre les personnages en valeur.

III Les personnages

1. Les personnages principaux et secondaires

• Le roman s'organise autour d'un personnage principal, en quête d'un objet, comme l'amour, la richesse ou la reconnaissance. Il est entouré de **personnages secondaires** qui l'aident (les **adjuvants**) ou qui lui font obstacle (les **opposants**).

• Georges Duroy, le personnage principal de *Bel-Ami* (Maupassant, 1885), est en quête de réussite sociale. Parmi ses adjuvants, on compte Forestier et les femmes qu'il rencontre. Forestier devient finalement son opposant, après avoir compris ses intentions douteuses.

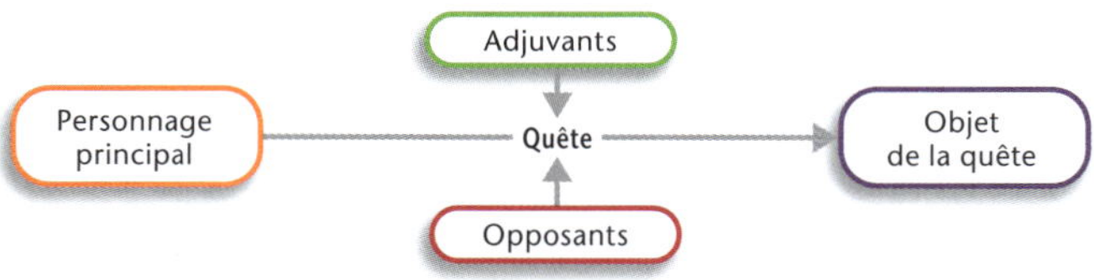

2. La désignation du personnage

• Pour rendre un personnage vraisemblable, l'auteur établit un portrait qui permet au lecteur de se l'imaginer et de s'identifier à lui. Le **portrait physique** évoque le visage du personnage, sa silhouette, son allure, ses vêtements. Il est souvent complété par un **portrait moral** qui détermine son caractère et son comportement.

• Le portrait est donc composé d'indications permettant **de catégoriser immédiatement le personnage**. Par exemple, la simplicité du nom de Manon Lescaut, l'héroïne éponyme de l'abbé Prévost, montre bien l'origine modeste de la jeune fille. Il inscrit en outre le personnage dans un mouvement littéraire et idéologique.

• Le portrait peut constituer, particulièrement dans les œuvres du XIXe siècle, une **pause dans la dynamique narrative**. Il est alors très **ordonné**. Dans *Madame Bovary*, Flaubert respecte une organisation héritée de la littérature médiévale en décrivant son héroïne du haut vers le bas, c'est-à-dire du visage vers le corps.

Narration et modalisation

FICHE 5

I Narration et point de vue

1. Le narrateur

Dans le récit, c'est la voix d'un **narrateur extérieur ou appartenant à l'intrigue** qui déroule le fil de l'histoire. Le narrateur présente les événements selon un point de vue, la **focalisation**, qui peut être **interne**, **externe** ou **zéro**.

2. Le narrateur omniscient

- Le narrateur omniscient **est extérieur à l'intrigue**. Il en sait plus que n'importe quel personnage, dont il peut évoquer le futur ou le passé et **juger les actes**.

- Il peut également décrire et **commenter** les événements qui se déroulent simultanément dans des endroits différents, et énoncer les ressorts psychologiques de l'action.

Focalisation zéro : point de vue du narrateur omniscient qui, surplombant le récit, en connaît à l'avance toutes les péripéties.

3. La focalisation interne et la focalisation externe

- Si le narrateur **extérieur au récit** se place en position **d'observateur impartial**, montre les lieux et évoque les personnages sans mentionner leurs pensées ni leurs sentiments, on parle de **focalisation externe**.

- Par exemple, *Bouvard et Pécuchet* (1881), de Gustave Flaubert, débute ainsi : « Comme il faisait une chaleur de 33 degrés, le boulevard Bourdon se trouvait absolument désert. Plus bas, le canal Saint-Martin, fermé par les deux écluses, étalait en ligne droite son eau couleur d'encre. [...] Deux hommes parurent. »

- Lorsque le narrateur est un **personnage du récit** et s'exprime à la première personne, il livre ses observations avec **subjectivité**. La focalisation est alors **interne**.

La **focalisation interne** permet de limiter les informations que le narrateur délivre à ce que le personnage sait, perçoit et pense. Dans un récit à la **3e personne**, le narrateur peut l'adopter **ponctuellement** ou **durablement**.

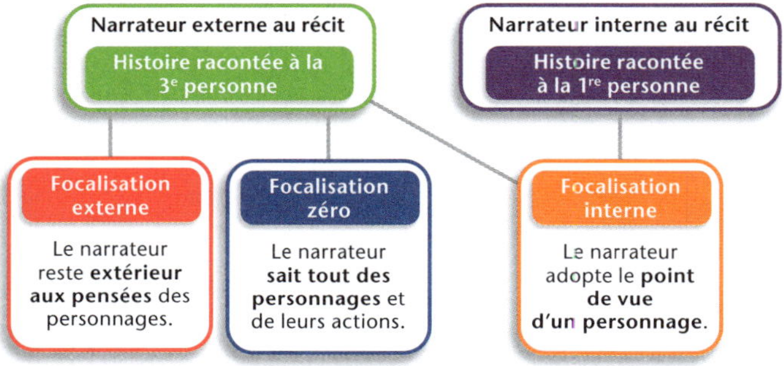

II La modalisation

1. Les indices de la présence du narrateur

• Le narrateur intervient parfois **directement** dans un roman à la troisième personne, comme dans *La Peau de chagrin* (1831), de Balzac : « Quand vous entrez dans une maison de jeu, la loi commence par vous dépouiller de votre chapeau. Est-ce une parabole évangélique et providentielle ? […] Sur ce point l'administration garde un silence complet. »

• De ce fait, il n'hésite pas à interpeller le lecteur, en utilisant le pronom personnel « vous », pour créer une certaine connivence.

2. Certitude et jugement de valeur

• Le narrateur révèle parfois sa présence en trahissant sa **subjectivité**, et notamment son **degré de certitude** face à son énoncé. Des indices, comme certains verbes (« penser », « croire »), l'emploi du **conditionnel**, du **subjonctif**, ou encore d'adverbes en témoignent. Ce sont des **modalisateurs**. Dans *Le Horla* (1887), Maupassant écrit ainsi : « il me semblait que cette eau glissait de gauche à droite lentement, rendant plus précise mon image, de seconde en seconde. C'était comme la fin d'une éclipse. »

• La modalisation peut également être **méliorative** ou **péjorative**. Dans cet extrait d'*Une école,* Giono décrit les personnes dont il parle de **manière péjorative** : « Ils ne sont à leur aise (et insolents) que dans la foule, que dans le commun, le banal, le vulgaire. »

• À l'inverse, dans *Au Bonheur des Dames*, Zola décrit de **manière méliorative** le grand magasin, du point de vue de Denise : « Dans la grande ville […] il flambait comme un phare, il semblait à lui seul la lumière et la vie de la cité. »

Exercice commenté pas à pas

FICHE 6

Vers le commentaire

Le narrateur fait le portrait de Mme Vauquer, tenancière de la pension qui porte son nom.

Bientôt la veuve se montre, attifée de son bonnet de tulle sous lequel pend un tour de faux cheveux mal mis ; elle marche en traînassant ses pantoufles grimacées. Sa face vieillotte, grassouillette, du milieu de laquelle sort un nez à bec de perroquet ; ses petites mains potelées, sa personne dodue comme un rat d'église, son corsage trop plein et qui flotte, sont en harmonie avec cette salle où suinte le malheur, où s'est blottie la spéculation et dont Mme Vauquer respire l'air chaudement fétide sans en être écœurée.

Honoré de Balzac, *Le Père Goriot*, 1835.

Montrez, en justifiant votre propos par des citations du texte, que le portrait de Mme Vauquer est à la fois réaliste et caricatural. Vous rédigerez deux paragraphes respectant la méthode de rédaction du commentaire littéraire.

Avant de commencer

- Relevez, dans ce portrait, les champs lexicaux dominants.
- Notez ce qui relève du réalisme et ce qui relève de la caricature.
- Souvenez-vous que, dans le paragraphe de commentaire, alternent citations et interprétations, au service d'une idée directrice.

→ Commencez le paragraphe de commentaire par une affirmation.

Le portrait de Mme Vauquer est réaliste. En effet, le détail de ses vêtements, comme le « bonnet de tulle », ou le « tour de faux cheveux », témoigne de véritables usages du XIXe siècle. En outre, son apparence, caractérisée par « sa face vieillotte, grassouillette » n'est pas idéalisée, et correspond sans aucun doute à son niveau social.

→ À l'intérieur du paragraphe, utilisez des connecteurs logiques et nommez les figures de style.

Cependant, certains traits tendent vers la caricature. Le narrateur insiste en effet à plusieurs reprises sur la laideur de « la veuve », notant à l'aide d'une métaphore la similitude entre son « nez » et « un bec de perroquet », puis renchérissant grâce à une comparaison qui la montre « dodue comme un rat d'église ».

BILAN

Le roman et le récit du Moyen Âge au XXIe siècle

FICHE 7

QUIZ-Mémorisation active

Questions	Réponses
À quelle époque a été écrit *La Princesse de Clèves* ?	C'est une œuvre du XVIIe siècle.
Qu'est-ce que la focalisation ?	C'est le point de vue choisi par l'auteur pour rapporter l'histoire.
Dans un roman, qu'est-ce qu'un incipit ?	Il s'agit des premiers paragraphes d'un récit.
Où les romanciers réalistes puisent-ils leur inspiration ?	Ils la puisent dans la presse et la vie quotidienne.
Qu'est-ce qu'un récit épistolaire ?	C'est une œuvre composée de lettres écrites par les personnages.
Qu'est-ce qu'un narrateur omniscient ?	C'est un narrateur qui connaît tout des personnages (y compris leurs pensées) et du récit qu'il raconte.
Le narrateur choisit parfois de ne pas mentionner un événement. Comment nomme-t-on ce procédé ?	Il s'agit d'une ellipse.
Comment les personnages secondaires qui viennent en aide au personnage principal se nomment-ils ?	Ce sont des adjuvants.
Quelles sont les étapes du schéma narratif ?	Situation initiale, élément déclencheur, péripéties, élément de résolution, situation finale.
À quel mouvement littéraire *Madame Bovary* de Gustave Flaubert appartient-il ?	Ce roman appartient au mouvement réaliste.

SCHÉMA-BILAN

Focalisation et narration

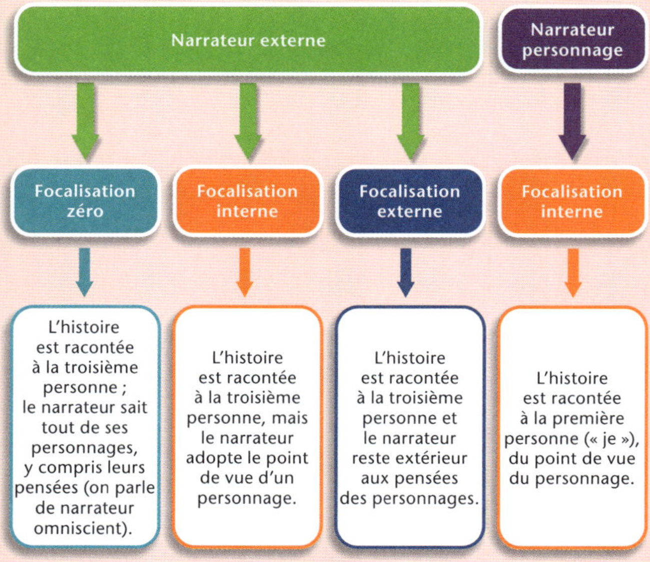

Les jeux temporels dans le récit

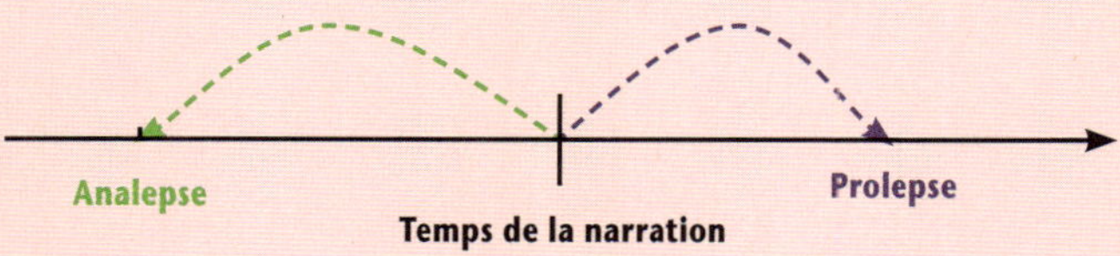

La parole au théâtre

FICHE **8**

Autour de la parole théâtrale

1. La structure d'une pièce de théâtre

• Une pièce de théâtre débute par **l'exposition**, qui présente le cadre **spatio-temporel**, les personnages et les **enjeux de l'intrigue**, tout en ménageant le suspens. Viennent ensuite les **péripéties**, avant que les difficultés ne soient résolues par le **dénouement**.

• Alors que le théâtre moderne s'est affranchi de ce découpage, les pièces classiques, souvent rédigées en **alexandrins**, à l'image de *Bérénice* de Racine, sont découpées en **actes**, eux-mêmes divisés en **scènes**.

• Décors et actions sont précisés par des **didascalies**, largement utilisées à partir du XVIIIe siècle. Dans *Ruy Blas* (1838), Victor Hugo impose ainsi les mouvements du personnage : « Ruy Blas fait quelques pas en chancelant vers la reine immobile et glacée. » (acte V, scène 4).

2. Le dialogue théâtral

• Le texte de théâtre a la particularité d'être soumis à la **lecture** et à la **représentation**.

• Le personnage s'exprime sous forme de **répliques** : c'est un être de paroles, qui se définit grâce à ce qu'il dit et à la façon dont il le dit. Le dialogue théâtral sert donc à faire **progresser l'intrigue**, à **présenter** ou à **mettre en valeur** un personnage. Il peut constituer un **combat verbal** au cours duquel les personnages s'affrontent.

• Pour beaucoup, la scène théâtrale est donc l'endroit où l'on donne à voir un **conflit**, résultant d'oppositions sociales, morales ou politiques.

Tirade : **réplique** de plus d'une dizaine de vers ou de lignes dans laquelle le personnage déroule un récit ou exprime son point de vue.
Dialogue : ensemble des répliques échangées par différents personnages.
Stichomythie : répliques courtes qui se suivent, donnant un rythme rapide à l'échange.

II Double énonciation et monologue

1. La double énonciation, une convention théâtrale

• La représentation théâtrale donne à voir une illusion de réalité. Le spectacle est donc régi par un ensemble de conventions, admises par le public.

• Ainsi, les paroles des personnages s'adressent à la fois aux autres personnages et aux spectateurs. On nomme ce phénomène la double énonciation. Elle est particulièrement visible dans les apartés (ces mots qu'un personnage prononce sur scène, mais qui sont censés n'être entendus que par les spectateurs) et les monologues, durant lesquels un personnage parle seul.

• Ainsi, dans la scène 4 de l'acte III de *L'École des femmes* de Molière (1662), le jeune Horace lit la déclaration d'amour qu'Agnès vient de lui envoyer. Or, ce qu'Horace ignore, au contraire des spectateurs, c'est qu'Agnès est promise à Arnolphe, qui compte bien l'épouser. Les personnages s'expriment alors ainsi :

ARNOLPHE, à part : Ho ! chienne !
HORACE : Qu'avez-vous ?
ARNOLPHE : Moi ? rien. C'est que je tousse.

2. Le monologue

• La présence d'un monologue dans une pièce n'est pas anodine : placé au début, il a une fonction explicative. George Dandin, le personnage éponyme de la pièce de Molière (1668), se présente de cette manière dans la scène d'exposition.

• Si le personnage tente de résoudre le dilemme qui l'agite, le monologue est alors délibératif. « Je voudrais bien savoir si je suis amoureux », s'interroge ainsi Perdican dans la scène 1 de l'acte III d'*On ne badine pas avec l'amour* (1834), d'Alfred de Musset. Le jeune homme poursuit ensuite son investigation en énumérant les arguments en faveur d'une réponse positive, puis négative.

• Lorsqu'il est utile au progrès de l'action, le monologue a une fonction dramatique. Dans la scène 2 de l'acte III de *Phèdre* (1677), de Racine, la reine rappelle par exemple aux spectateurs qu'elle ignore qu'Hippolyte est amoureux d'Aricie.

• Enfin, s'il permet au personnage de faire partager ses émotions, ses sentiments, ou ses pensées, comme c'est le cas dans la scène 3 de l'acte V du *Mariage de Figaro* de Beaumarchais (1784), il est introspectif.

Le théâtre au XVIIe siècle

FICHE 9

I Du théâtre baroque au théâtre classique

1. Le théâtre baroque

- La première moitié du XVIIe siècle voit s'épanouir l'esthétique baroque. Pour écrire *L'Illusion comique* (1636), Corneille s'inspire de la **comédie d'intrigue** et propose du **théâtre dans le théâtre**.

- Vantant une énergie fougueuse et le goût de **l'honneur**, ses tragédies mettent en lumière des **personnages héroïques** en quête de **gloire**, à l'image d'Horace, héros éponyme de la pièce de Corneille (1640).

2. Le classicisme et ses règles

Dès 1661, Louis XIV impose aux arts et aux lettres une **nouvelle rigueur**, qui sera à l'origine du **classicisme**. **L'imitation des Anciens** vaut tant pour le sujet des pièces que pour la forme, dont les règles s'inspirent d'Aristote.

Les règles du théâtre classique : selon *La Poétique* d'Aristote, l'action doit plaire, être vraisemblable et respecter la bienséance : l'intrigue, **unique**, se déroule en **un seul jour** et en **un seul lieu,** selon la **règle des « trois unités »**.

II Molière et la comédie classique

1. Composantes des comédies de Molière

- Deux veines parcourent l'œuvre de Molière (1622-1673). L'une donne à voir les exploits de valets malins, hérités de la **farce**. L'autre propose des **« grandes comédies »** qui étonnent par la complexité de leurs personnages.

- Hormis les grandes comédies, ses pièces mettent en scène des personnages de **classe moyenne**. L'intrigue repose le plus souvent sur un **mariage arrangé** faisant obstacle aux projets d'amoureux sympathiques.

2. Les visées

- Molière connaît son premier succès parisien en 1659. Il se heurte rapidement à l'**hostilité des religieux** et des moralistes qui **censurent** ses comédies moqueuses.

Les grandes comédies
Molière a écrit cinq grandes comédies en cinq actes : *L'École des femmes*, *Tartuffe*, *Le Misanthrope*, *Dom Juan* et *Les Femmes savantes*.

Dom Juan : en 1665, Molière brosse dans cette pièce irrégulière et mélangeant les registres, les portraits subversifs d'un libertin et de son valet.

• Il obéit à l'adage latin *castigat ridendo mores* : la mission de la comédie, selon lui, est de **« corriger** les hommes en les **divertissant »**. En peignant des bourgeois vaniteux ou un dévot hypocrite, Molière **critique** l'ordre établi.

III La tragédie

1. Racine

• Racine (1639-1699) est l'auteur de douze tragédies, dont les sujets, à l'image de celui d'*Andromaque* (1667), résident dans l'**adaptation** au théâtre **de mythes ou de faits historiques**.

• La tragédie met en scène une ***mimesis***, une imitation de la réalité, à travers des **situations extrêmes** (crimes de sang, inceste, etc.) que le spectateur sait possibles, mais non véritables.

• Composée en **cinq actes** et en vers, elle respecte la **règle des trois unités**, la **vraisemblance** et la **bienséance**. Sa mission est de plaire et toucher.

• Grâce à la **compassion** qu'il éprouve et au phénomène d'**identification aux personnages**, le spectateur ressent ainsi **« terreur et pitié »**. C'est ce que l'on appelle la **catharsis**, ou la « purgation des passions », comme Aristote l'explique dans *La Poétique*.

2. Héros, dieux et conflit tragique

• Le héros tragique est **noble**, fréquemment d'ascendance divine.

• Aux prises avec des **forces supérieures**, il est souvent placé face à un dilemme. Dans *Le Cid*, de Corneille, Rodrigue doit par exemple choisir entre perdre celle qu'il aime et compromettre l'honneur de sa propre famille (acte I, scène 6).

• Il est également victime de ses **passions**, c'est-à-dire de ses **excès**, et particulièrement de l'***hybris***. Le dénouement est **fatal** et le registre tragique domine, secondé par les registres **pathétique et lyrique**, formant une **unité de ton**.

Dilemme : choix difficile qui conduit forcément les personnages à leur perte, chacune des issues envisagées étant malheureuse.
Hybris : orgueil démesuré.

Du théâtre du XVIIIe siècle au drame romantique

FICHE 10

I Le théâtre des Lumières

1. Le drame bourgeois

• À la fin du XVIIe siècle, la **querelle des Anciens**, qui pensent que l'inspiration antique est indispensable, et des **Modernes**, qui militent pour la reconnaissance des écrivains de l'époque, est finalement remportée par les Modernes.

• Le théâtre se libère alors du carcan classique qui séparait nettement la tragédie et la comédie. Le public du XVIIIe siècle veut voir sur scène des personnages qui lui ressemblent et des **œuvres plus réalistes**. C'est ce que propose Diderot dans *Le Fils naturel*, un drame bourgeois sérieux et moralisateur, en 1757.

2. La comédie au XVIIIe siècle

a. Marivaux

• Si le souvenir des comédies de Molière et l'influence de la **commedia dell'arte** sont encore vivaces, l'intrigue se tourne vers davantage de finesse dans la peinture des caractères et dans l'analyse des sentiments. Marivaux met ainsi à l'honneur des **comédies psychologiques amoureuses**.

• Dans *Le Jeu de l'amour et du hasard* (1730) par exemple, la langue des personnages (fine, recherchée et destinée à séduire), donne lieu à la création d'un néologisme décrivant le phénomène : le **marivaudage**.

• Prenant part à **l'idéologie des Lumières**, Marivaux s'adonne également à la **comédie sociale** dans *L'Île des esclaves* (1725) où les valets contestent, sans le prendre toutefois, le pouvoir à leurs maîtres, mais aussi dans *La Colonie* (1729), où les femmes tentent de prendre le pouvoir face aux hommes.

b. Beaumarchais

• Témoignant lui aussi de l'esprit du siècle, incarné particulièrement par le personnage de **Figaro**, dont on retrouve les aventures dans la trilogie théâtrale *Le Barbier de Séville* (1775), *Le Mariage de Figaro* (1784) et *La Mère coupable* (1792), Beaumarchais écrit des **comédies d'intrigue que l'on pourrait qualifier de satiriques**.

• Gai, sentimental et insolent, le valet Figaro milite pour davantage de **justice sociale** et **s'élève contre la censure** : pour lui, « sans la liberté de blâmer, il n'est point d'éloge flatteur » (*Le Mariage de Figaro,* acte III, scène 5).

II Le début du XIXe siècle : le théâtre romantique

1. La *Préface de Cromwell*

• La redécouverte en France du **théâtre élisabéthain** de Shakespeare, par les spectateurs habitués au théâtre bourgeois, leur donne le goût de la **violence scénique** et du **mélange des registres**.

• Dans la *Préface de Cromwell*, qui s'érige en 1827 en manifeste du **théâtre romantique**, Victor Hugo s'élève **contre les règles classiques**, témoignant de la volonté de créer sans contraintes et militant pour l'abandon de la bienséance et des trois unités.

2. La bataille d'*Hernani*

• En 1830, lors de la première représentation d'*Hernani*, de Victor Hugo, le public se divise : les conservateurs fustigent les **libertés de ton, d'action et de versification**, tandis que les jeunes romantiques applaudissent. La « bataille » alimente le succès de la pièce, et signe l'acte de naissance d'un nouveau genre : le drame.

• Le drame romantique de Victor Hugo montre l'homme non comme un personnage au caractère universel mais **tel qu'il est en société**, à la fois **grotesque et sublime** : dans *Hernani*, le noble roi Don Carlos n'hésite pas à se dissimuler dans l'armoire pour surprendre l'adultère de Doña Sol. Ainsi, le **comique burlesque** de certaines scènes côtoie le **ton pathétique et lyrique des monologues**, brouillant les genres et les registres.

• La **règle de bienséance** vole également en éclat : dans *Ruy Blas*, le héros se suicide sur scène après avoir tué Don Salluste.

3. Alfred de Musset

• Le théâtre romantique est volontiers **historique** : Musset (1810-1857) dessine dans *Lorenzaccio* (1834) une **réflexion politique** s'inspirant de **l'histoire** pour mieux décrypter le **monde contemporain**.

• En effet, le personnage principal, Lorenzo, évolue dans la Florence décadente du XVIe siècle. Monde corrompu, jeunesse désabusée et impuissante : le dramaturge dresse un tableau décalé de son siècle.

Le théâtre moderne

FICHE 11

I D'*Ubu roi* au renouveau tragique du XXe siècle

1. L'évolution du drame

• Alors qu'une veine bourgeoise et populaire s'épanouit dans les **vaudevilles du théâtre de boulevard** de Labiche et Feydeau, la fin du XIXe est marquée par le provocateur ***Ubu roi*** d'Alfred Jarry (1896).

• Violente **satire du pouvoir**, la pièce met en scène Ubu, un monarque idiot, burlesque et absurde. Avec ce personnage, Alfred Jarry poursuit l'entreprise de **dégradation de la tragédie** initiée par les romantiques.

2. Le renouveau des mythes tragiques au XXe siècle

• Si l'inspiration mythique et historique demeure, les atrocités des guerres mondiales modifient la visée des tragédies. Pour Sartre et Giraudoux, le genre devient **philosophique et politique**, porté par un **langage moderne** et une **ironie nouvelle**.

• Ainsi, Giraudoux réécrit la tragédie *Électre* (1937) sous la forme d'une intrigue policière, souvent délibérément burlesque. Sartre, dans *Les Mouches* (1943), fait quant à lui du matricide un acte salvateur, permettant de créer un ordre nouveau qui, n'appartenant qu'aux hommes, **exclut les dieux**.

3. Les recherches de la mise en scène

• Le XXe siècle amène le souci croissant de la mise en scène.

• Alors que Jean-Louis Barrault, Louis Jouvet et d'autres metteurs en scène insistent sur la **primauté du texte**, Antonin Artaud se rebelle : « nul n'a le droit de se dire auteur, c'est-à-dire créateur, que celui à qui revient le maniement direct de la scène. » (*Le Théâtre et son double*, 1938).

• Les théories d'Artaud, et particulièrement son **« théâtre de la cruauté »**, une expérience totale et initiatique, à la limite de la transe, remettent au goût du jour les **théâtres d'improvisation et de création collective**, dont on trouve encore aujourd'hui des résonances dans le Théâtre du Soleil d'Ariane Mnouchkine.

II À partir de 1950 : du théâtre de l'absurde au théâtre contemporain

1. Eugène Ionesco

Un des fondateurs du **théâtre de l'absurde**, Ionesco, explore dans ses œuvres **l'aspect vain de la condition humaine**. Refusant la psychologie et la notion même de personnage, il s'intéresse à **l'absurdité du langage**, dans des « farces tragiques », marquées par la **dérision** et **l'humour noir**.

***La Cantatrice chauve* (1950)**
Selon Eugène Ionesco, c'est une « anti-pièce » aux personnages interchangeables, et dans laquelle les répliques, vidées de leur sens, s'enchaînent machinalement. Elle possède une structure cyclique : le dénouement renvoie à l'exposition.

2. Samuel Beckett

- Samuel Beckett, quant à lui, prive délibérément ses pièces d'intrigue, et ses personnages existent autant par leur **silence** et leur **immobilité** que par les mots qu'ils prononcent. Confrontés à un monde **sans repères**, ils expriment leur **angoisse** devant l'écoulement du temps.

- Les **mouvements clownesques** de Vladimir et Estragon, les personnages d'*En attendant Godot* (1952), qui se gratifient de coups de pied dans un espace scénique vague, espérant la venue d'un personnage qui n'apparaît jamais, illustrent les **atermoiements de l'être humain**.

3. La parole théâtrale contemporaine

- Le théâtre actuel poursuit son **exploration du langage et de la communication**. Michel Vinaver décrit en 1972 le monde du travail et de l'entreprise, avec *Par-dessus bord*. Yasmina Reza, dans *Art* (1994), et Jean-Michel Ribes, dans *Théâtre sans animaux* (2001), critiquent pour leur part les **mœurs bourgeoises contemporaines**.

- Si **Jean-Claude Grumberg**, dans *L'Atelier* (1979), propose un regard sur l'histoire et les plaies béantes qu'elle a laissées dans la société contemporaine, **Bernard-Marie Koltès**, dans *Combat de nègre et de chiens* (1983), place l'intrigue tragique dans un chantier d'Afrique de l'Ouest. **Laurent Gaudé** enfin, avec *Salina* (2003), revisite la tragédie antique en l'ouvrant à un autre univers.

L'espace théâtral et la mise en scène

FICHE 12

I L'espace théâtral

La construction du théâtre et **la répartition des espaces dévolus aux comédiens** et aux spectateurs changent l'appréciation que l'on peut avoir d'un spectacle.

1. L'espace théâtral « classique »

• Au XVIIe siècle, deux théâtres rivaux se disputent les faveurs du public, avant que ne soit créée la Comédie-Française : **l'Hôtel de Bourgogne**, d'abord spécialisé dans la farce puis dans la tragédie, et **le Palais-Royal** où s'est établie la troupe de Molière.

• La disposition du théâtre classique est décrite dans la didascalie initiale de *Cyrano de Bergerac*, d'Edmond Rostand. De chaque côté de la scène sont installées des chaises pour les spectateurs importants, réduisant l'espace de jeu. Le reste du public occupe le **parterre**.

• En Europe, on trouve d'autres types de disposition :
– le **théâtre élisabéthain** : sur le modèle médiéval, les comédiens jouent sur des tréteaux, dans une cour intérieure entourée de galeries ;
– le **théâtre à l'italienne** : théâtre cubique où la scène, surélevée, est visuellement séparée du public.

2. Les théâtres modernes

De nos jours, **l'architecture interne** des théâtres varie en fonction des spectacles représentés, et les spectacles eux-mêmes investissent des **lieux très différents**, comme des hangars ou des jardins.

« Quatrième mur » ou « mur de verre » : séparation imaginaire coupant toute communication entre la scène et le public.

II Les acteurs

1. Théâtre antique et classique

• Dans le **théâtre antique grec**, les acteurs, des hommes uniquement, portent le **« prosôpon »**, le **masque tragique**, pour que l'on identifie rapidement leur personnage. Ils **s'effacent** donc complètement derrière le rôle qu'ils jouent.

• À l'époque classique, l'acteur **déclamait** les alexandrins. L'interprétation de Phèdre par Marie Desmares, dite la Champmeslé, l'actrice favorite de Racine, a fait date.

2. Une réflexion amorcée au XVIIIe siècle

• Diderot, dans *Le Paradoxe sur le comédien* (1830), s'est intéressé à **l'écart entre le jeu et le ressenti**. Selon lui, l'acteur joue d'intelligence, sans forcément ressentir les émotions mimées.

• **Louis Jouvet** a quant à lui marqué le XXe siècle. Pour l'acteur, metteur en scène, enseignant, et directeur de théâtre, **« jouer une scène, c'est d'abord la dire »** : le texte primerait donc sur tout le reste.

III La mise en scène

Le texte de théâtre est une **partition** à laquelle le **metteur en scène** doit donner corps, en dirigeant le jeu des comédiens et en décidant du décor (ou du **dispositif scénique**) et des costumes.

1. Le rôle du metteur en scène

• Il donne à voir aux spectateurs une **lecture personnelle de l'œuvre**. De ses choix, dépendent la réception de la pièce et l'émotion qu'elle fait naître.

• Ainsi, le personnage d'Arnolphe, dans *L'École des femmes*, a suscité **deux interprétations radicalement différentes** sans qu'un vers du texte de Molière ne change. L'une en fait un barbon sombre aux penchants tragiques, l'autre insiste sur sa dimension burlesque.

2. Décors et costumes

• Important, le décor peut être **réaliste ou allégorique** : ainsi, en 2003, Patrice Chéreau propose pour *Phèdre* un décor très épuré, marquant l'intemporalité de la pièce.

• De même, le **costume** des comédiens est signifiant : en habillant Phèdre de rouge et de noir, et Hippolyte de jaune, Jean Cocteau établit clairement un lien d'importance avec l'ascendance solaire de l'héroïne tragique.

3. La technologie

• L'époque contemporaine pose enfin le problème de **l'inclusion de la technologie** dans la mise en scène.

• Philippe Pitoiset, au théâtre National de Bordeaux, en 2013, remplace ainsi la distance imposée par le balcon et la nuit dans *Cyrano de Bergerac* par un écran sur lequel apparaît Roxane, prête à entendre Christian sans le voir.

Exercice commenté pas à pas

Vers l'épreuve orale

Route à la campagne, avec arbre. Soir.
Estragon, assis sur une pierre, essaie d'enlever sa chaussure. Il s'y acharne des deux mains, en ahanant.

Il s'arrête, à bout de forces, se repose en haletant, recommence. Même jeu.
Entre Vladimir.
ESTRAGON (*renonçant à nouveau*). – Rien à faire.
VLADIMIR (*s'approchant à petits pas raides, les jambes écartées*). – Je commence à le croire. (*Il s'immobilise.*) J'ai longtemps résisté à cette pensée, en me disant, Vladimir, sois raisonnable. Tu n'as pas encore tout essayé. Et je reprenais le combat. (*Il se recueille, songeant au combat. À Estragon.)* – Alors, te revoilà, toi.
ESTRAGON. – Tu crois ?
VLADIMIR. – Je suis content de te revoir. Je te croyais parti pour toujours.
ESTRAGON. – Moi aussi.
VLADIMIR. Que faire pour fêter cette réunion ? (*Il réfléchit.*) Lève-toi que je t'embrasse. (*Il tend la main à Estragon.*)
ESTRAGON (*avec irritation*). – Tout à l'heure, tout à l'heure.
Silence.
VLADIMIR (*froissé, froidement*). – Peut-on savoir où monsieur a passé la nuit ?
ESTRAGON. – Dans un fossé.
VLADIMIR (*épaté*). – Un fossé ! Où ça ?
ESTRAGON (*sans geste*). – Par là.
VLADIMIR. Et on ne t'a pas battu ?
ESTRAGON. – Si… Pas trop.
VLADIMIR. Toujours les mêmes ?
ESTRAGON. – Les mêmes ? Je ne sais pas.
Silence.
VLADIMIR. Quand j'y pense… depuis le temps… je me demande… ce que tu serais devenu… sans moi. (*Avec décision.*) Tu ne serais plus qu'un petit tas d'ossements à l'heure qu'il est, pas d'erreurs.
ESTRAGON (*piqué au vif*). – Et après ?
VLADIMIR (*accablé*). C'est trop pour un seul homme. (*Un temps. Avec*

vivacité.) D'un autre côté, à quoi bon se décourager à présent, voilà ce que je me dis. Il fallait y penser il y a une éternité, vers 1900.

Samuel Beckett, *En attendant Godot*, 1952, © Éditions de Minuit.

Sans évoquer l'introduction ni la conclusion, montrez comment les règles traditionnelles de l'exposition sont ici transgressées. Développez particulièrement l'absence de repères spatio-temporels.

Avant de commencer

► Examinez les différentes fonctions des didascalies.

► Souvenez-vous que l'explication de texte demande des allers-retours entre le texte et l'interprétation.

→ Notez les éléments qui vont guider votre intervention.

a. Une scène d'exposition donne des informations spatio-temporelles.

• Or, les informations spatio-temporelles (« route à la campagne », le « soir ») sont ici imprécises. Le « fossé » est seulement déterminé par l'expression vague « par là ».

• Le fait qu'Estragon ait seulement passé la nuit ailleurs, alors qu'il semblait « parti pour toujours » intensifie la confusion.

→ Utilisez les composantes de l'exposition traditionnelle pour guider votre analyse.

b. Une scène d'exposition renseigne sur les personnages

c. Une scène d'exposition évoque les enjeux de l'intrigue

BILAN

Le théâtre du XVIIe au XXIe siècle

FICHE 14

QUIZ-Mémorisation active

Questions	Réponses
Dans une pièce de théâtre, quelles sont les fonctions de l'exposition ?	Située au début de la pièce, l'exposition présente le cadre spatio-temporel, les personnages et les enjeux de l'intrigue.
Comment nomme-t-on un monologue dans lequel un personnage évoque les sentiments et les émotions qui l'agitent ?	Il s'agit d'un monologue introspectif.
Comment appelle-t-on les paroles qu'un personnage prononce sur scène à l'intention des spectateurs, et non des autres personnages ?	Ces paroles constituent un aparté.
Qu'est-ce qu'un dilemme ?	C'est un choix difficile, à l'issue insatisfaisante, devant lequel est placé le personnage tragique.
Qui est l'auteur de *L'Illusion comique* ?	C'est une comédie de Corneille.
Quelles sont les missions de la tragédie classique ?	La tragédie classique doit plaire et toucher.
Comment le valet emblématique de l'œuvre de Beaumarchais s'appelle-t-il ?	Il se nomme Figaro.
Comment nomme-t-on l'emploi d'un langage fin et recherché utilisé à des fins de séduction, dans certaines œuvres théâtrales du XVIIIe siècle ?	Il s'agit du marivaudage.
Dans quel courant théâtral les œuvres d'Eugène Ionesco et de Samuel Beckett s'inscrivent-elles ?	Ces dramaturges appartiennent au théâtre de l'absurde.
Qui est Ubu ?	C'est le monarque grotesque et absurde de la pièce *Ubu roi*, créée par Alfred Jarry en 1896.

SCHÉMA-BILAN

La comédie

- Personnages de condition moyenne ou basse
- Intrigue amoureuse
- Registre comique dominant
- Fin heureuse

Fonction : plaire et instruire

La tragédie

- Personnages nobles
- Intrigue amoureuse ou politique
- Registre tragique dominant
- Issue fatale

Fonction : plaire et toucher

Le drame

- Personnages nobles ou de condition moyenne ou basse
- Intrigue amoureuse et/ou politique
- Mélange des registres

Fonction : représenter l'homme tel qu'il est, sublime et grotesque

Forme poétique et versification

FICHE 15

I La versification

1. Vers réguliers, vers libres et prose

- Certains poèmes sont composés à l'aide de vers **réguliers**, c'est-à-dire dont le nombre de syllabes est identique. Ces vers portent un nom particulier : un vers de 8 syllabes est par exemple un **octosyllabe**.
- **Décasyllabes** (10 syllabes) ou **alexandrins** (12 syllabes) offrent en général une **pause en leur milieu**, qu'on appelle une **césure**. Chaque moitié du vers se nomme alors un **hémistiche**.

Exemple : « Ajoutez quelquefois, /et souvent effacez. » (Boileau, *L'Art poétique*, 1674)

- On dit qu'un poème est en **vers libres** lorsque la mesure des vers qui le constituent n'est pas fixe, comme dans l'*Art poétique* de Guillevic.

« Il t'arrive des mots
Des lambeaux de phrase.
Laisse-toi causer. Écoute-toi
Et fouille, va plus profond. »

Guillevic, *Art poétique*, 2001.

- Les poèmes **en prose** ôtent les vers de la création poétique et s'appuient sur des jeux de sonorités, le rythme des phrases et les figures de style.

2. Les règles de versification

- Les règles de versification (la **métrique**) permettent d'**harmoniser l'écriture et la lecture** des vers. Pour connaître le nombre de syllabes d'un vers, il faut les compter en respectant certaines indications.
- **Le – *e* à la fin d'un mot** se prononce à l'intérieur du vers lorsque le mot suivant commence par une consonne.

Exemple : « Et pour cela préfère l'impair », Verlaine.

- On fait une **diérèse** lorsque l'on **prononce séparément deux sons** habituellement confondus.

Exemple : on dira « ci-el » au lieu de « ciel ».

- La **synérèse**, à l'inverse, permet d'**énoncer ensemble deux sons habituellement distincts**.

| **Exemple :** le mot « souhait » se prononcera « swé » au lieu de « sou-hait ».

II Rimes, strophes et formes fixes

1. La rime

- La rime se trouve à la fin du vers. Elle est **pauvre** si un seul son rime avec la fin d'un autre vers (ex. : « profond » / « rond »), **riche** si elle comporte trois sons et plus (ex. : « courage » / « ouvrage »), **suffisante** si elle en comporte deux (ex. : « impair » / « air »).

- Les rimes sont **plates ou suivies** si elles suivent le schéma AABB. Elles peuvent également être **alternées** (suivant le schéma ABAB). Dans l'*Art poétique* de Verlaine, elles sont **embrassées**, selon le schéma ABBA :

« De la musique avant toute chose,
Et pour cela préfère l'impair
Plus vague et plus soluble dans l'air,
Sans rien en lui qui pèse ou qui pose. »

Verlaine, « Art Poétique », *Jadis et Naguère*, 1884.

2. La strophe

La strophe est un ensemble de vers formant une unité syntaxique et thématique.

3. Les formes fixes

- Les poèmes à forme fixe sont des textes qui possèdent toujours les **mêmes caractéristiques formelles**.

- Le **sonnet** se compose de quatorze vers longs (décasyllabes ou alexandrins), répartis en deux quatrains (strophes de 4 vers) et deux tercets (strophes de 3 vers) consécutifs.

- Le **pantoum** est une succession de quatrains. Dans « Harmonie du soir » (Baudelaire, *Les Fleurs du mal*, 1857), les vers 2 et 4 de chaque strophe reviennent en position 1 et 3 dans la strophe suivante.

- Le **rondeau**, choisi par Marot dans *L'Adolescence clémentine* (1532-1538), comporte trois strophes. La première compte 5 octosyllabes, la deuxième 3, et la troisième 5. Le même refrain suit les deux dernières strophes.

De la poésie romantique au symbolisme

FICHE 16

I La poésie romantique

- En 1820, les ***Méditations poétiques*** de Lamartine signent l'avènement en poésie du **culte du moi** et du rêve d'absolu. L'omniprésence du « je », caractérisant le **lyrisme**, domine également les œuvres de Musset, Vigny, Lamartine, ou Nerval.

- La verve d'Hugo **déstructure l'alexandrin**, et brise son unité par des **rejets** ou des **enjambements**, comme dans cet extrait du poème « Éclaircie », issu des *Contemplations* (1856) :

> « On dirait qu'en tous lieux, en même temps, la vie
> Dissout le mal, le deuil, l'hiver, la nuit, l'envie »

Enjambement : poursuite d'une même phrase sur plusieurs vers.
Rejet : rejet d'un groupe syntaxique court au vers suivant.
Contre-rejet : isolement d'un groupe syntaxique à la fin d'un vers.

II Du Parnasse à la décadence

1. Le Parnasse

- Fatigué des élans romantiques, **Théophile Gautier**, dans *Émaux et Camées* (1852), s'intéresse à un **autre idéal poétique**, se logeant non pas dans l'expression des émotions, mais dans la **beauté éternelle de l'art**.

- En 1866, sa théorie est reprise par **Leconte de Lisle** (1818-1894). Inspiré à la fois par la science positiviste et l'Antiquité, il constitue avec d'autres le **Parnasse**, dont le mot d'ordre est la perfection formelle. Il participe, comme de nombreux autres auteurs, à la rédaction du *Parnasse contemporain* et professe **« l'art pour l'art »**.

2. Dandysme et décadence

À partir de 1870, la poésie est marquée par le mouvement décadent. **Esprit fin de siècle**, **thématiques immorales et subversives** produisent la figure du **poète maudit**, présente dans *Les Chants de Maldoror*, de Lautréamont (1869).

III Le symbolisme

1. Baudelaire, l'initiateur

- **En réaction au naturalisme et au positivisme**, la poésie de Baudelaire cherche **l'ailleurs et l'inconnu spirituels** qui se cachent derrière les apparences de la réalité.

- Le recueil *Les Fleurs du Mal* (1857) témoigne de l'influence des thèmes du **décadentisme** et des **contraintes formelles parnassiennes**. Il ouvre également la voie à une ère poétique nouvelle : le **symbolisme**.

- Entre **spleen et idéal**, le poète torturé redéfinit les canons de la beauté, et fait naître des **correspondances**, grâce aux **métaphores** et aux **analogies**, en décodant les symboles qui peuplent la réalité.

Les correspondances baudelairiennes
Les correspondances horizontales établissent des analogies entre les sensations, les correspondances verticales entre le monde spirituel et sensible.

2. L'art de la suggestion

- Alors que la poésie antérieure se faisait essentiellement descriptive, la poésie symboliste veut déchiffrer, grâce au pouvoir de suggestion des mots, le **mystère des symboles** qui peuplent la nature.

- Pleine de **sensibilité** et d'**émotion**, la poésie de **Verlaine** (1844-1896) donne la priorité à la musique. Dans ce premier tercet d'« Effet de nuit » (1866), il joue sur les **allitérations** en [t] et les **assonances** en [-ou] et [i].

« La nuit. La pluie. Un ciel blafard que déchiquette
De flèches et de tours à jour la silhouette
D'une ville gothique éteinte au lointain gris. »

Allitération : répétition d'une ou plusieurs consonnes à l'intérieur d'une phrase ou d'un vers.
Assonance : retour d'un ou plusieurs sons vocaliques à l'intérieur d'une phrase ou d'un vers.

3. De Mallarmé à Rimbaud

- Si la poésie de **Mallarmé** (1842-1898) est souvent considérée comme **obscure** et **hermétique**, c'est Rimbaud qui pousse le plus loin l'aventure symboliste.

- Selon lui, « le Poète se fait voyant par un long, immense et raisonné **dérèglement de tous les sens**. Toutes les formes d'amour, de souffrance, de folie ; il cherche lui-même, il épuise en lui tous les poisons, pour n'en garder que les quintessences » (*Lettre du voyant*, à Paul Demeny, 1871).

Du surréalisme à la poésie contemporaine

FICHE 17

I Vers le surréalisme

1. Apollinaire, l'avant-gardiste

- Guillaume Apollinaire (1880-1918) est un poète avant-gardiste. Sur le modèle des peintures cubistes, les poèmes d'*Alcools* (1913) font éclater les images, et mélangent les **inspirations mythique, médiévale et contemporaine**.
- **L'absence de ponctuation**, dans « Mai », surprend ainsi les lecteurs :

« Sur le chemin du bord du fleuve lentement
Un ours un singe un chien menés par des tziganes
Suivaient une roulotte traînée par un âne »

2. La rupture dada

- Après les horreurs de la Première Guerre mondiale, le **mouvement dada**, cofondé par **Tristan Tzara**, signe définitivement la rupture.
- Ses créations irrévérencieuses, des ***ready-made*** de Duchamp aux étranges **photomontages** d'Hausmann, revendiquent la **liberté, l'originalité et la spontanéité** de la création artistique et encouragent à la révolte joyeuse et au désordre allègre.

3. Autour d'André Breton

- Dès les **années 1920**, quelques artistes fondent, autour d'André Breton, le **mouvement surréaliste**. Il s'agit d'un « automatisme psychique pur par lequel on se propose d'exprimer […] le fonctionnement réel de la pensée. Dictée de la pensée, en l'absence de tout contrôle exercé par la raison, en dehors de toute préoccupation esthétique ou morale. » (*Manifeste du surréalisme,* 1924).
- Désireux de **libérer l'inconscient des contraintes de la raison**, les surréalistes utilisent les jeux de langage et les collages. Sur le principe de l'écriture automatique, qui consiste à écrire le plus rapidement possible sans souci du sujet, Philippe Soupault (1897-1990) publie ainsi *Les Champs magnétiques*, avec André Breton, en 1919.
- **Le rêve, la folie, le hasard, l'amour passionné** sont autant de sujets abordés par **Paul Éluard** (1895-1952) dans *Capitale de la douleur* en 1926 et **Louis Aragon** (1897-1982) dans *Les Yeux d'Elsa* (1942). L'image poétique, surprenante, puissante et insolite y est

capitale. Celle d'Éluard, « la terre est bleue comme une orange » (*L'Amour la poésie*, 1929), marque les esprits.

II La poésie contemporaine

1. De la poésie engagée à la poésie pacifiste

- Beaucoup de poètes surréalistes ont pris part au conflit et se **sont engagés dans la résistance**. Éluard est par exemple à l'origine du poème « Liberté » (*Poésie et Vérité*), parachuté dans les maquis en 1942. Aragon, dans « La rose et le réséda » (*La Diane française*, 1944), encourage lui aussi à l'unité dans le combat.

- **L'après-guerre** ouvre la voie aux **poètes pacifistes**, s'amusant des émotions, des mots, de l'ironie et des niveaux de langage, à l'image de **Jacques Prévert**, qui publie « Le temps des noyaux », dans le recueil *Paroles* (1946).

2. La poésie des contraintes

- Influencés par le surréalisme et les mathématiques, Jacques Roubaud et Raymond Queneau, grâce à **l'OuLipo** (« L'ouvroir de littérature potentielle »), fondé en 1960, cherchent pour leur part à travailler le texte poétique. Pour eux, il s'agit d'un matériel contenant potentiellement une infinité d'autres textes. Leurs **réécritures expérimentales** s'établissent donc selon plusieurs **contraintes**.

- **Raymond Queneau** publie *Cent Mille Milliards de Poèmes* (1961), un livre combinatoire qui permet de composer « cent mille milliards de sonnets, tous réguliers bien entendu. C'est somme toute une sorte de machine à fabriquer des poèmes, mais en nombre limité (...) ».

3. Le parti pris des choses et de la nature

- **Francis Ponge** voue quant à lui un **culte au quotidien** et aux objets qui le composent : la valise, le pain, les huîtres ou les hirondelles sont les sujets privilégiés des poèmes en prose du *Parti pris des choses* (1942).

- Enfin, les œuvres d'Yves Bonnefoy (1923-2016) et les *Poésies* (1946-1967) de Philippe Jaccottet (né en 1925) mettent à l'honneur la **poésie de la nature**, saisissant les émotions fugitives et la présence des êtres au monde.

Les fonctions du poète et de la poésie

FICHE 18

I Le poète, un spécialiste du langage

1. L'enrichissement de la langue

• On peut imaginer que la poésie n'a pas d'utilité directe et matérielle. Or, dès le XVIe siècle, les poètes ont conscience que l'une de leurs missions est d'**enrichir la langue**.

• Les poètes humanistes de **la Pléiade**, et notamment **Du Bellay** (1522-1560), l'auteur de *La Défense et illustration de la langue française,* proposent de mettre à disposition des lettrés des **mots peu usités** (vieillis, provinciaux ou techniques par exemple), et d'en créer d'autres selon des lois strictes.

2. L'embellissement de la langue

• La Pléiade se donne également pour mission d'**embellir le style poétique** par des tours, des figures de style et des règles précises de versification.

• La fonction d'embellissement de la langue assignée à la poésie perdure jusqu'au XXe siècle. **Jacques Roubaud**, dans *Le Lombric* (1983), écrit que l'une des missions du poète est de « labourer » les mots, pour éviter au monde d'étouffer « sous les paroles mortes ».

II La fonction expressive de la poésie

1. La poésie descriptive et narrative

Avant la fin du XIXe siècle, la poésie est un genre essentiellement **narratif** ou **descriptif**. Si tous les sujets peuvent faire l'objet d'un traitement poétique, certains thèmes constituent cependant des *topoï*, des lieux communs : **l'amour**, **la description des beautés de la femme aimée**, **la guerre** et **la nature** en font notamment partie.

2. L'expression des émotions

La **description des beautés de la nature**, propres à susciter la rêverie, l'émotion et l'expression de la solitude, est un sujet de prédilection des poètes romantiques. Dans ses ***Méditations poétiques*** en 1820, Lamartine chante avec **mélancolie** son amour brisé pour la défunte Julie Charles.

3. Poète engagé et poésie militante

• Inspirée des **épopées antiques**, la poésie guerrière s'illustre dans ***Les Châtiments***, où Victor Hugo retrace sous la forme d'une épopée héroïque les campagnes de Napoléon Ier.

• De même, le caractère mnémotechnique et marquant du langage poétique lui permet d'être un **support culturel du militantisme et de l'engagement**. Paul Éluard, dans *Au Rendez-vous allemand*, prend position, dans un **langage simple**, rythmé, sillonné d'images marquantes et de répétitions, en faveur de la résistance et de la liberté.

III Le poète, messager des dieux

1. Orphée, l'allégorie du poète

• Dans les *Métamorphoses* d'Ovide, Orphée est un **poète légendaire**, qui charme de sa **lyre** les animaux et les éléments naturels. Comme Orphée, qui a reçu un **don** de la part des dieux, le poète est celui qui reçoit **l'inspiration divine ou sacrée**.

• Après la mort de son épouse Eurydice, Orphée convainc Hadès de lui ouvrir la porte des Enfers, afin qu'il aide Eurydice à en réchapper. Même si son projet échoue, en accédant au monde des morts, Orphée atteste de la correspondance entre le ciel et la terre, et d'une vérité qui dépasse le monde sensible.

2. Le poète sacré, mage et voyant

• L'image d'Orphée permet de comprendre **le rôle du poète** dans la société. **Messager des dieux**, il doit transmettre au commun des mortels les signes qui lui sont envoyés. Victor Hugo décrit ainsi le poète dans *Les Rayons et les Ombres* comme un **guide des peuples**, qu'il doit civiliser et conduire vers la lumière.

• Faisant naître la pensée des mots et des images, le poète explore des champs inconnus. Il est, selon les mots de Rimbaud, **« le suprême Savant »**, **« le voleur de feu »** qui, comme Prométhée, dérobe le feu de la vérité aux dieux pour l'offrir aux hommes.

• En créant des images et une musique originale, et en donnant une fonction particulière aux mots que les autres hommes se bornent à utiliser, la poésie magnifie donc le langage, lui donnant une qualité sacrée.

Exercice commenté pas à pas

Vers la dissertation

Vous devez répondre au sujet de dissertation suivant :
« Déterminez quelles sont les fonctions du poète dans la société. »
Pour cela, vous vous appuierez sur le plan ci-dessous :
1. Le poète est un artisan du langage.
2. Le poète est la voix de tous.
3. Le poète est un guide et un voyant.

Rédigez l'introduction de ce devoir, en respectant les étapes imposées.

Avant de commencer

▶ Revoyez les différentes parties composant l'introduction d'une dissertation.

▶ Demandez-vous si le plan proposé est analytique ou dialectique.

▶ Rappelez-vous que l'introduction ne constitue qu'un seul paragraphe.

→ Au brouillon, analysez les termes clés du sujet.

Le terme « fonction » demande de s'intéresser au rôle joué par le poète dans la société. Le sujet n'induit aucune restriction temporelle. On pourra donc évoquer les poètes du XIXe siècle, comme ceux du XXIe siècle.
Vous devrez choisir le plan le plus adapté.

→ L'entrée en matière doit être générale, tout en présentant le thème du devoir et en captant l'intérêt du lecteur.

Les anthologies poétiques regorgent d'écrits de grands poètes, dont les œuvres sont apprises, méditées, étudiées. *Les Châtiments* de Victor Hugo ou *Les Fleurs du mal* de Baudelaire sont de celles-ci. Qu'ont en commun ces poètes ? L'inspiration dont ils usent, l'époque dont ils témoignent, les thèmes qu'ils abordent, la mise en œuvre de leur art semblent très différents. Pourtant, ils s'imposent tous une mission, un rôle à jouer. Lequel ?

→ La problématique doit être formulée en une question directe ou indirecte, en reprenant les termes du sujet.

Quelles sont donc les fonctions du poète dans la société ?

→ Structurez l'annonce des différentes parties du devoir grâce à des connecteurs, comme « d'une part », « d'autre part » et « enfin ».

Afin d'envisager les différents aspects de cette question, nous verrons d'une part que les poètes sont avant tout des artisans du langage, et d'autre part que ce sont les porte-paroles de la société. Enfin, nous nous intéresserons à cette position particulière qui, les plaçant sous l'égide du mythe orphique, fait d'eux des guides et des voyants.

La poésie du XIXe au XXIe siècle

QUIZ-Mémorisation active

Questions	Réponses
« La courbe de tes yeux fait le tour de mon cœur, / Un rond de danse et de douceur » (Paul Éluard, « La Courbe de tes yeux », *Capitale de la douleur*, 1926). La rime unissant ces deux vers est-elle riche, pauvre ou suffisante ?	La rime est suffisante.
Qu'est-ce qu'un quintil ?	Il s'agit d'une strophe de 5 vers.
Qui est l'auteur de *La Défense et illustration de la langue française* ?	L'auteur est Joachim Du Bellay.
Pourquoi le mythe d'Orphée est-il souvent associé à la création poétique et à la condition du poète ?	Il illustre l'envoûtement produit par la création poétique.
Qui a affirmé que « le poète est un voleur de feu » ?	Il s'agit de Rimbaud.
En poésie, qu'appelle-t-on un rejet ?	Un rejet est un procédé consistant à poursuivre une même phrase sur plusieurs vers.
À quel mouvement poétique associe-t-on l'expression « l'art pour l'art » ?	C'est l'adage du Parnasse.
Qui est l'auteur des *Fleurs du mal* ?	L'auteur est Baudelaire.
Quelle est la particularité formelle des poèmes qui composent *Le Parti pris des choses*, de Francis Ponge ?	Ils sont écrits en prose.

SCHÉMA-BILAN

Les principales formes fixes et leurs caractéristiques

Le sonnet → **Quatorze décasyllabes ou alexandrins répartis ainsi :**
- deux quatrains
- deux tercets

→ **Ronsard, « Quand vous serez bien vieille... », in** *Sonnets pour Hélène*, **II, 24 (1578)**

→ **Baudelaire, « L'albatros », in** *Les Fleurs du Mal*, **1857**

Le rondeau → **Treize vers dont deux vers constituant le refrain répartis ainsi :**
- un quintil
- un tercet (avec refrain au troisième vers, ou séparé)
- un quintil (avec refrain au dernier vers, ou séparé)

→ **Marot,** *L'Adolescence clémentine*, **1532**

→ **Musset, « Rondeau », in** *Poésie nouvelles* **(1836-1852)**

Le pantoum → **Succession de quatrains à rimes croisées**

Les vers 2 et 4 de chaque strophe reviennent en position 1 et 3 dans la strophe suivante.

→ **Charles Baudelaire, « Harmonie du soir »,** in *Les Fleurs du mal*, **1857**

→ **Paul Verlaine, « Pantoum négligé »,** in *Jadis et Naguère*, **1884**

Le vocabulaire de l'argumentation

FICHE 21

Argumenter consiste à **défendre des idées** ou une cause, et à combattre les thèses que l'on ne soutient pas.

I Argumentation et histoire littéraire

1. La rhétorique et l'éloquence

- **L'éloquence**, autrement dit l'art de bien parler, a été théorisée par Aristote. Le philosophe grec a le premier établi les principes de la **rhétorique**, c'est-à-dire l'art du discours visant à **agir** sur le destinataire.
- Celui qui parle, **l'orateur**, s'il veut faire adhérer son interlocuteur à son propos, doit d'une part acquérir des **techniques** pour maîtriser la langue et exercer son **jugement** moral et intellectuel et d'autre part prendre en compte la qualité et les attentes de son **auditoire**.
- Le discours rhétorique est ainsi très structuré. **L'exorde**, d'abord, doit capter l'attention de l'auditoire et introduire le sujet. Il est suivi d'un **développement argumentatif**, puis se termine par une **péroraison** qui doit être claire et émouvante.

2. Au XVIe siècle : un tournant

- Avant le XVIe siècle, l'enseignement, en latin, se concentre sur la rhétorique, appliquée à la **philosophie** et à la **théologie**. L'avènement de François Ier (1494-1547) signe cependant le développement d'un certain renouveau.
- On constate en effet que la pensée se résume trop souvent à l'entraînement de la mémoire : la **rhétorique** est devenue un **exercice vain**. Il est en outre très rare que les élèves soient en présence de **textes antiques originaux**.
- François Ier fonde alors en 1530 le **Collège des lecteurs royaux** (l'actuel Collège de France), chargé d'enseigner le latin, le grec et l'hébreu. Les humanistes se forment ainsi à la **philosophie** antique.

3. Rhétorique et démarche mathématique

- Il faut attendre **Descartes** qui, au XVIIe siècle, écrit en français le *Discours de la méthode*, pour que l'art de la rhétorique soit concurrencé par une démarche argumentative plus mathématique, progressant par **évidences**.

• Pour s'opposer à la monarchie, les philosophes des **Lumières** se serviront des deux méthodes de pensée qui visent, pour la première, à **persuader** l'auditeur, et pour la seconde, à le **convaincre**.

II Thèse, arguments et exemples

Quels que soient la méthode ou le support de l'argumentation, elle met en présence deux thèses : **l'une défendue, l'autre réfutée**.

1. Le thème et la thèse

• Chercher le **thème** d'une argumentation c'est répondre à la question « de quoi s'agit-il dans ce texte, ou dans ce discours ? ». Le chapitre XV du traité de Montesquieu *De l'esprit des lois* porte ainsi sur la justification de l'esclavage.

Montesquieu (1689-1755)

Ce penseur, critique à l'égard de la monarchie absolue, s'illustre dans *De l'esprit des lois* (1748), et connaît un grand succès avec les *Lettres persanes*.

• Trouver la **thèse défendue** par l'auteur c'est comprendre quel avis il soutient par rapport à ce thème. Chez Montesquieu, il s'agit du militantisme contre l'esclavage.

• La thèse est parfois **explicite** : l'auteur peut, par exemple, l'écrire à la première personne et en prenant clairement position. Cependant, il arrive souvent qu'elle soit **implicite** et que, comme dans le texte de Montesquieu, on la comprenne à la lecture.

2. Les arguments et les exemples

• Les arguments sont des **idées** avancées pour **étayer** la thèse défendue. Pour être efficaces, ils doivent être **pertinents**, autrement dit entretenir une relation logique avec la thèse, et **valides** pour l'auditoire ou le lecteur.

• Ils peuvent être de plusieurs types : faits assurés, évidences ou avis scientifiques faisant autorité.

• Ils sont reliés entre eux par des **articulations logiques** qui indiquent l'addition, la cause (« car », « en effet », etc.), la conséquence (« ainsi », « c'est pourquoi », etc.), l'opposition ou le but (« afin », « pour que », etc.).

• Chaque argument est en général suivi d'un exemple qui permet de le rendre **concret**, en en donnant une **illustration**.

Démontrer, convaincre, persuader, délibérer

FICHE 22

Pour soutenir la thèse, les arguments sont disposés dans un **ordre logique**, qui constitue le **raisonnement** et permet de suivre la **progression de la pensée** de l'auteur.

I Démontrer et délibérer

La démonstration est une **démarche scientifique** qui s'appuie sur des données **objectives** ou des arguments irréfutables. Elle permet d'établir une **vérité vérifiable** par tous.

1. Les démarches déductive et inductive de la démonstration

- Le raisonnement **déductif** part d'une généralité pour déduire une conclusion particulière.
- Le raisonnement **inductif** procède de la démarche inverse, partant d'un fait observé pour établir une généralité.

Un fameux syllogisme
Le syllogisme est une forme de démonstration déductive. Le plus célèbre est : « Tous les hommes sont mortels. Or, Socrate est un homme. Donc Socrate est mortel. »

- Dans « Les Obsèques de la Lionne » (*Fables*, 1678), La Fontaine évoque le Cerf, un courtisan refusant de pleurer la reine. Condamné à mort par le Lion, il est cependant sauvé par le brillant récit de l'un de ses rêves : la lionne, devenue sainte, lui est apparue et lui a dicté sa conduite.
- Le fabuliste conclut : « Amusez les Rois par des songes, /Flattez-les, payez-les d'agréables mensonges, / Quelque indignation dont leur cœur soit rempli, /Ils goberont l'appât, vous serez leur ami. » L'exemple du cerf conduit de façon **inductive** à la notion générale de l'efficacité d'un récit bien mené et plaisant.

2. Le raisonnement par l'absurde

- Le raisonnement par l'absurde est une **démonstration** procédant par l'énoncé d'une **hypothèse inacceptable** pour la logique.
- Dans le texte « De l'esclavage des nègres », **Montesquieu** fait se succéder avec ironie des arguments absurdes sur le modèle de celui-ci : « Les peuples d'Europe ayant exterminé ceux de l'Amérique, ils ont dû mettre en esclavage ceux de l'Afrique, pour s'en servir à défricher tant de terres. »

3. Délibérer

• Délibérer n'est pas démontrer. On délibère lorsque l'on étudie les **différents aspects** d'une question pour prendre une décision fondée.

• La délibération peut avoir lieu dans l'**essai** argumentatif ou dans le **dialogue** entre des personnages ayant à prendre une décision commune.

• Au théâtre et dans certains romans, le **monologue** et le **monologue intérieur** peuvent également être **délibératifs**.

II Convaincre ou persuader ?

Pour convaincre un auditeur, il faut **l'engager** à adhérer à la thèse, non vérifiable scientifiquement, qu'on lui propose en faisant appel à sa **raison**.

1. Convaincre

• Il existe plusieurs manières d'organiser l'argumentation pour convaincre. Les arguments **successifs** sont parfois liés par des connecteurs logiques qui structurent le mouvement de pensée de manière **linéaire**, comme « d'abord », « ensuite » et « enfin ».

• On peut également utiliser un raisonnement **analogique**, procédant par comparaison, comme Voltaire le fait dans *Les Cabales* (1772). Comparant l'univers à une horloge, le penseur écrit : « L'univers m'embarrasse, et je ne puis songer / Que cette horloge existe et n'ait point d'horloger. »

• Le raisonnement peut aussi s'opérer par **concession**. Les arguments sont alors introduits par des **connecteurs logiques** qui expriment la **relation concessive**, à l'image de « même si » ou « bien que ».

2. Persuader

• Le mot « persuader » vient du terme latin *persuadere*, que l'on peut traduire par « conseiller fortement ».

• Le locuteur qui cherche à persuader son auditeur ne fait pas appel à sa raison, mais à ses **sentiments** et à ses **émotions**.

• Le locuteur sera donc fortement présent et cherchera avant tout la **sympathie** de son auditoire, en insistant sur sa propre honnêteté, et en tentant de susciter la **pitié** ou l'**affection**. Pour persuader, il faut **plaire** et **séduire**.

Les genres argumentatifs directs : l'essai et la littérature morale

FICHE 23

Les genres argumentatifs directs sont **explicitement argumentatifs**.

I L'essai

1. Une forme ouverte

- L'essai est un texte **en prose** qui examine une idée, en construisant **progressivement** une **opinion**, au sujet d'un problème **universel** qui concerne la philosophie, la politique, l'histoire ou l'actualité.
- Pesant le pour et le contre, proposant des pistes de réflexion, convoquant des **points de vue adverses et différents**, l'essai relève de la **délibération**.
- L'énonciateur n'y délivre pas une pensée achevée. Il s'agit d'une réflexion **personnelle** qui peut n'être qu'une **tentative**, une exploration.

2. Des *Essais* de Montaigne aux essais modernes

- Montaigne est le premier penseur à utiliser le terme d'« essai » pour désigner le texte qu'il écrit. Il cherche ainsi à décrire le **caractère expérimental** de son œuvre.
- Dans l'essai, un avis, certes argumenté mais également **subjectif**, s'exprime. Le texte peut donc se révéler **polémique** ou même **pamphlétaire**.

Montaigne (1533-1592)
Ce philosophe humaniste a rédigé les *Essais* de 1572 à 1592, date de sa mort.

3. La lettre

- La **lettre** permet elle aussi le développement de la pensée **sans contrainte de forme**.
- Voltaire l'utilise dans ses *Lettres philosophiques*, en 1734. Ces lettres ne sont pas destinées à quelqu'un en particulier : ce sont des **lettres ouvertes** abordant divers domaines, et qui constituent pour le penseur une façon de développer et d'expliquer sa philosophie.
- L'auteur témoigne d'une **volonté didactique**, et entend **convaincre** le lecteur de la vérité de son opinion, en le poussant à **exercer sa faculté de jugement**.

II La littérature morale

De la Renaissance à l'époque des Lumières, les penseurs s'interrogent sur **la place et le rôle de l'homme**, donnant naissance à une littérature morale, visant à **éduquer** le lecteur ou l'auditeur.

1. Les maximes

- Très en vogue aux **XVIIe** et **XVIIIe** siècles, la maxime est un genre qui élabore de manière **concise et brillante** une règle de conduite ou une **vérité morale**, que l'on rapproche parfois de **l'aphorisme** ou du **proverbe**.

- Proposant un **discours universel** à propos de l'homme, elle doit susciter en quelques mots **l'étonnement** du lecteur. Sa **pointe** est par conséquent particulièrement soignée.

- **La Rochefoucauld**, en 1665, écrit ainsi parmi les *Réflexions ou sentences et maximes morales* : « La clémence des princes n'est souvent qu'une politique pour gagner l'affection des peuples », ou « on ne donne rien si libéralement que ses conseils ».

2. Les pensées

- Les pensées sont des formes de réflexions **fragmentaires**. Cependant, plus longues en général que les maximes, les pensées sont fragmentées **par défaut**: elles font partie d'un ensemble à venir, encore inachevé.

- Au XVIIe siècle, **Pascal** voulait écrire une *Apologie de la religion chrétienne*. Les ***Pensées*** sont les notes et les extraits destinés à l'écriture de ce texte qui n'a jamais vu le jour.

- Pascal se livre ainsi à une réflexion sur le **bonheur** : « Tous les hommes recherchent d'être heureux. Cela est sans exception, quelques différents moyens qu'ils y emploient. Ils tendent tous à ce but. [...] Et cependant [...] jamais personne n'est arrivé à ce point où tous visent continuellement. »

3. Les sermons

- Par opposition aux formes fragmentaires, le sermon est une **forme continue**. À l'origine, c'est un **discours** prononcé par un **prédicateur**, un homme d'Église.

- On retrouve donc dans le sermon les marques du **discours oral**: interpellations, apostrophes et questions rhétoriques émaillent le propos.

- Dans le ***Sermon sur la mort***, publié de façon posthume en 1772, **Bossuet** cherche ainsi à **émouvoir** son auditoire en lui remémorant, par le discours, l'ouverture du tombeau de Lazare. Le sermon, en effet, fait avant tout appel à la **persuasion**.

Les genres argumentatifs indirects : l'apologue, l'utopie et la contre-utopie

FICHE 24

Dans les genres argumentatifs indirects, la thèse est défendue par le biais du **récit**.

I L'apologue

1. Définition

- Dans l'**Antiquité**, l'apologue est un **récit** assez court terminé par une **moralité**.
- L'apologue est un texte **narratif** à visée argumentative qui combine donc le **plaisir du récit** à la volonté de **l'enseignement d'une *doxa***, c'est-à-dire d'une opinion communément admise.
- L'apologue, qui **amuse** en **instruisant**, peut prendre des formes très différentes et s'incarner dans la fable, le conte, la parabole (qui délivre un message moral ou religieux), le fabliau ou l'allégorie.

2. La fable

- C'est une forme **brève** d'apologue, contenant une **morale** explicite ou implicite.
- La structure du récit est assez **simple**. Il comporte tout au plus **deux ou trois personnages** engagés dans une **aventure singulière** et défendant chacun un **point de vue**.
- Comme dans « Le Loup et l'Agneau » ou « Le Pot de terre et le Pot de fer » de La Fontaine, la **valeur argumentative du récit** ne fait aucun doute.

Jean de La Fontaine (1621-1695)
À travers les animaux et les différents personnages de ses *Fables*, cet auteur classique dresse un bilan sans complaisance des rapports humains.

3. Le conte philosophique

- Comme dans tous les contes, le personnage principal subit une **initiation**. Le récit de ses aventures sert ici à dispenser une **leçon philosophique**.
- Le récit, en apparence **léger**, permet d'aborder, à travers les situations et les **dialogues** dans lesquels sont engagés le personnage, **des vérités abstraites** et **des notions complexes**, comme la tolérance et la justice.

Voltaire (1694-1778)

Épris de théâtre, de sciences, d'histoire, de politique et de philosophie, ce libre-penseur défend ardemment dans ses œuvres sa vision progressiste de la société.

• Dans le chapitre VII de ***Zadig ou la Destinée***, Voltaire fait la **satire** du pouvoir religieux : « Zadig entra dans le temple en sautant à pieds joints, et il prouva [...] que le Dieu du ciel et de la terre [...] ne fait pas plus de cas de la jambe gauche que de la jambe droite. »

II Récit de voyage, utopie et contre-utopie

1. Le récit de voyage

• Révélé par les explorateurs au temps des grandes découvertes, le récit de voyage a bien vite été utilisé dans une perspective **comparative** et détourné à des fins argumentatives.

• Le personnage du voyageur, **étranger à la société** qu'il décrit, est tout désigné pour porter un regard critique sur les défauts de celle-ci.

• Ainsi, le navigateur Bougainville décrit Tahiti, dans *Voyage autour du monde*, comme un véritable jardin d'Éden. Passionnés par ses aventures, ses contemporains ne pourront s'empêcher de comparer la société tahitienne à la leur.

2. L'utopie

• Le mot « utopie » vient d'un terme grec signifiant **« nulle part »**. L'utopie est un récit prenant place dans un **pays imaginaire**, régi par une **société idéale**, éclairée par la **raison**, pour mieux **critiquer la réalité** de la société ordinaire.

• Dans *Gargantua*, publié en 1534, **Rabelais** imagine l'utopie de la société humaniste et bien éduquée de l'abbaye de Thélème.

3. La contre-utopie

• La contre-utopie présente en effet des sociétés où la logique de l'utopie, poussée à l'extrême, est **dévoyée** : trop de perfection conduit au pire des mondes, créant ainsi une société qui s'approche du **totalitarisme**.

• Avant le XXe siècle, époque à laquelle elle se répand dans la littérature, la contre-utopie reste assez marginale. On la rencontre cependant à deux reprises dans ***Les Voyages de Gulliver***, que Swift publie en 1726.

• En effet, sur l'île de Laputa, la géométrie est **despotique**, d'abord de manière comique, car pour « louer la beauté d'une fille », les habitants disent « que ses dents » sont de « parfaits parallélogrammes », puis plus pernicieusement, car la raison pure entraîne le défaut total d'imagination.

Humanisme, connaissance de soi et des autres

FICHE 25

I De la question de l'homme à l'humanisme

1. De l'humanité à l'humanisme

- La question de l'homme se pose en premier lieu à la Renaissance : les penseurs, reprenant et dépassant les écrits antiques, définissent l'homme comme une créature de Dieu au-dessus de toutes les autres.
- En effet, il est capable d'accumuler des connaissances de manière infinie, de penser et de faire preuve d'esprit critique : l'homme possède ainsi une part de la grandeur divine.
- Constitué d'un corps et d'une âme, l'homme de la Renaissance est donc idéalement sage et savant.

2. Humanisme d'hier et d'aujourd'hui

- C'est sur cette nouvelle vision que se fondent les valeurs de l'humanisme, ce mouvement culturel qui fait de l'épanouissement intellectuel, moral et physique de l'homme le centre de toute préoccupation.
- Dans ses *Essais*, Montaigne tente le premier, de manière expérimentale et philosophique, de définir sa propre humanité, car, comme il l'affirme : « Chaque homme porte [en lui] la forme entière de la condition humaine. »
- La connaissance de soi passe bien sûr par la connaissance de l'esprit, et les deux spécificités les plus remarquables de la condition humaine sont sans aucun doute le sens moral et le libre arbitre dont l'homme fait preuve.

II L'homme, un être perfectible

1. L'enfant

- L'homme est un être perfectible, qui doit être éduqué.
- Dès le XVIe siècle, Montaigne consacre un chapitre des *Essais* à « l'institution des enfants ». Il s'insurge : « On ne cesse de criailler à nos oreilles, comme qui verserait dans un entonnoir, et notre charge ce n'est que redire ce qu'on nous a dit. »
- Novateur par rapport aux préceptes médiévaux, le penseur prône déjà une méthode moins coercitive, fondée sur le dialogue et la capacité d'intérêt des enfants.

2. La femme

- Le sujet de l'éducation des femmes est mis en avant dans *L'École des femmes* (1662) de Molière, où Arnolphe explique à Chrysale qu'il veut une épouse « d'une ignorance extrême ». Relayant l'opinion d'une partie des religieux, il ajoute : « Et c'est assez pour elle, à vous en bien parler, / De savoir prier Dieu, m'aimer, coudre, et filer. »

- Au XVIIe siècle en effet, les femmes n'ont pas d'existence légale, bien que les salons précieux leur permettent d'exercer leurs aptitudes intellectuelles et culturelles.

- Dans *Les Liaisons dangereuses* (1782) de Choderlos de Laclos, la libertine marquise de Merteuil offre d'ailleurs aux lecteurs, à travers l'exaltation de son propre portrait (lettre 81), un saisissant contraste entre ce qu'elle revendique et ce que la société des Lumières attend des femmes.

III De la connaissance de soi à la connaissance de l'autre

1. Un être social

- Les grandes découvertes du XVe siècle, et particulièrement la conquête de nouveaux territoires, forcent l'homme du Vieux Continent à regarder une humanité nouvelle, qui lui ressemble autant qu'elle lui est étrangère.

- Les récits de voyage évoquent ces sauvages, ces barbares, qu'il convient de civiliser en les christianisant, mais également de soumettre et d'exploiter.

- Dans *Histoire d'un voyage fait en la terre du Brésil* (1578), Jean de Léry écrit ainsi, à propos de la nudité des femmes autochtones, « que […] fards, fausses perruques […] et autres infinies bagatelles dont les femmes et filles de par-deçà* se contrefont […] sont […] cause de plus de maux que n'est la nudité ordinaire des femmes sauvages » (**européennes*).

2. Entre haine et reconnaissance

- Au milieu du XVIIIe siècle, le colonialisme prend la suite de l'esclavage dans la haine de l'autre, exploitant les différences physiques comme autant de prétextes à la xénophobie.

- Parallèlement, les voix des penseurs des Lumières s'élèvent contre toutes les aliénations et établissent la Déclaration des droits de l'homme.

Vers l'analyse littéraire et la contraction de texte

Sujet : l'analyse littéraire

De l'esclavage des nègres

Si j'avais à soutenir le droit que nous avons eu de rendre les nègres esclaves, voici ce que je dirais :

Les peuples d'Europe ayant exterminé ceux de l'Amérique, ils ont dû mettre en esclavage ceux de l'Afrique, pour s'en servir à défricher tant de terres.

Le sucre serait trop cher, si l'on ne faisait travailler la plante qui le produit par des esclaves.

[...]

De petits esprits exagèrent trop l'injustice que l'on fait aux Africains. Car, si elle était telle qu'ils le disent, ne serait-il pas venu dans la tête des princes d'Europe, qui font entre eux tant de conventions inutiles, d'en faire une générale en faveur de la miséricorde et de la pitié ?

Montesquieu, *De l'esprit des lois*, 1748.

1. Qu'indique la première phrase à propos de la situation argumentative qui va suivre ?

2. Quels arguments utilisés par les esclavagistes percent dans ces propos ? Qui sont les « petits esprits » dont il est question dans le dernier paragraphe ?

Avant de commencer

▶ Rappelez-vous la place qu'occupe Montesquieu parmi les philosophes des Lumières.

▶ Révisez la définition de l'argument.

Soyez attentif au premier mot du texte : il correspond à la structure grammaticale utilisée pour exprimer une hypothèse.

1. Montesquieu se place dans la posture d'un esclavagiste. Le terme « si », introduisant une proposition hypothétique, souligne qu'il « se met à la place » des partisans de l'esclavage.

Chaque argument appartient à un domaine différent : n'hésitez pas à préciser ces domaines.

2. Plusieurs arguments des partisans de l'esclavage sont repris par le philosophe :
- la nécessité d'entretenir les immenses espaces des nouvelles colonies (argument historique) ;
- le prix du sucre qui augmenterait s'il fallait payer la main-d'œuvre employée pour le produire (argument économique) ;
- l'inaction des gouvernements européens (argument politique).

Les « petits esprits » sont évidemment les penseurs des Lumières.

Sujet : la contraction de texte

Résumez en moins de vingt mots cette maxime de La Rochefoucauld : « On peut dire que les vices nous attendent, dans le cours de la vie, comme des hôtes chez qui il faut successivement loger ; et je doute que l'expérience nous les fît éviter s'il nous était permis de faire deux fois le même chemin. »

Avant de commencer

- Lisez plusieurs fois la maxime.
- Commencez votre résumé par « La Rochefoucauld affirme que... ».

Supprimez ou adaptez les figures de style pour raccourcir votre propos.

La Rochefoucauld affirme qu'au cours de la vie, il est inévitable d'adopter certains vices, malgré l'expérience.

BILAN

La littérature d'idées du XVIe au XVIIIe siècle

FICHE 27

QUIZ-Mémorisation active

Questions	Réponses
Qu'est-ce que l'éloquence ?	C'est l'art de bien parler.
Qu'est-ce que la rhétorique ?	Il s'agit de l'art du discours visant à agir sur le destinataire.
Dans un texte argumentatif, comment nomme-t-on l'avis soutenu par l'auteur ou le locuteur ?	C'est la thèse.
Qui est l'auteur du traité *De l'Esprit des Lois* ?	Il s'agit de Montesquieu.
Comment nomme-t-on le fait d'étudier les différents aspects d'une question pour prendre une décision fondée ?	Il s'agit du raisonnement délibératif.
Quels sont les deux ouvrages célèbres écrits par Aristote ?	Aristote a écrit une *Poétique* et une *Rhétorique*.
Quelle est l'étymologie du terme « persuader » ?	En latin, *persuadere* signifie « conseiller fortement ».
Quel genre argumentatif, très en vogue au XVIIe et au XVIIIe siècle, énonce de manière concise une règle de conduite ?	Ce sont les maximes.
Peut-on dire que la fable *Le Loup et l'Agneau* de La Fontaine appartient au genre argumentatif direct ?	Non : les fables sont des apologues, c'est-à-dire des récits dont la visée est de convaincre le lecteur du bien-fondé de la morale énoncée.
Qui était Voltaire ?	C'était un libre-penseur du XVIIIe siècle, auteur de nombreux contes philosophiques.

SCHÉMA-BILAN

Les mots de l'argumentation

Thème →	Domaine de réflexion
Thèse →	Avis soutenu par l'auteur
Arguments →	Idées étayant la thèse
Exemples →	Illustrations concrètes et particulières des arguments

Valeurs des modes et des temps verbaux

FICHE 28

I Les modes verbaux

1. Exprimer un fait réel

• Le **mode indicatif** présente des faits réels au passé, au présent et au futur, comme dans ce poème de Victor Hugo, extrait des *Contemplations* (1856) :

« Demain, dès l'aube, à l'heure où blanchit la campagne,
Je partirai. Vois-tu, je sais que tu m'attends. »

• Dans son **acception temporelle**, le **conditionnel** s'emploie pour exprimer un **futur dans le passé**. On dira par exemple : « Quand tu étais petit, tu croyais que tu **deviendrais** cosmonaute. »

2. Exprimer ce qui n'est pas sûr

• Employé en tant que mode, le **conditionnel** indique que la réalisation de l'action est **soumise à une condition**. Si l'action paraît **irréalisable**, on parle d'irréel du présent ou du passé.

• Dans *Le Grand Meaulnes* (1913), Alain-Fournier utilise ainsi la valeur **d'irréel du passé** du conditionnel : « Ah ! si la fenêtre d'Yvonne de Galais s'était allumée aussi, **j'aurais osé**, je crois, monter l'escalier, frapper, entrer… »

3. Exprimer ce qui est possible

• Le **subjonctif** permet d'exprimer un fait **possible**, qu'il soit réel ou irréel. Dans *Pierre et Jean* (1888), Maupassant écrit : « Était-il possible qu'une femme comme elle […] **pût** tomber, entraînée par la passion […] ? »

• Le subjonctif et l'impératif servent aussi à exprimer une **volonté**, comme dans la scène 3 de l'acte IV d'*Horace* de Corneille (1640) :

« Que désormais le ciel, les enfers et la terre
Unissent leurs fureurs à nous faire la guerre […] »

II Les valeurs des temps de l'indicatif

1. Les valeurs du présent

• Le **présent d'énonciation** exprime traditionnellement une action proche du moment où l'on parle.

Méditation sur le temps : « Le présent serait plein de tous les avenirs, si le passé n'y projetait déjà une histoire », André Gide, *Les Nourritures terrestres*, 1897.

• Le **présent de narration** permet, dans un récit au passé, de rendre l'action plus vivante. Rapportant au présent des actions passées, il crée une rupture.

• Dans *Les Caves du Vatican* (1914), André Gide écrit : « Lafcadio n'en écouta pas plus long. [...] Mais [...] saisissant le conduit vertical, on le vit s'élever à la force des bras, prenant à peine appui [...] du bout des pieds aux pitons de support. Le voici qui **touche** au balcon, dont il **empoigne** d'une main la grille [...]. »

• Le **présent de vérité générale** est utilisé pour exprimer des observations vraies de tout temps, comme dans les maximes et les proverbes. La Rochefoucauld déclare ainsi : « l'amour-propre **est** le plus grand de tous les flatteurs. »

• On utilise également le présent pour exprimer des actions qui se **répètent** ou qui déterminent **une habitude**. Cette valeur se retrouve dans le poème d'*Alcools*, « À la Santé » (1913), dans lequel Apollinaire décrit la vie carcérale :

« Dans une fosse comme un ours
Chaque matin je me promène
Tournons tournons tournons toujours
Le ciel est bleu comme une chaîne »

2. Les valeurs des temps du passé

• Les **récits au passé** utilisent en général l'alternance du **passé simple**, servant à décrire les actions de premier plan et les événements qui se succèdent, et de **l'imparfait**, employé pour évoquer les actions de second plan et les descriptions.

• Dans *La Chartreuse de Parme* (1839), de Stendhal, on peut lire ainsi : « Il **entendit** un cri sec auprès de lui : c'étaient deux hussards qui **tombaient** atteints par des boulets [...]. »

• Dans les **récits au présent**, le passé se construit à l'aide du passé composé. Ce temps, très utilisé à l'oral, concurrence à l'écrit les usages du passé simple.

• Jean Giono, dans *Regain* (1930), écrit par exemple : « Le matelas est roulé. On **a rangé** la table et les chaises contre le mur comme si on était parti pour longtemps. »

• Comme l'exprime le dernier verbe de cette phrase de Giono, conjugué au plus-que-parfait (« on était parti »), **les temps composés** du passé présentent des faits s'étant produits avant le temps du récit.

Le verbe et la construction du sens

FICHE 29

I Le verbe dans la phrase

1. Phrases verbales

- Le verbe est **l'élément central** de la phrase. Il énonce soit une action (comme par exemple : « marcher », « vivre », ou « penser »), soit un état.
- Les verbes d'état (« sembler », « paraître », « avoir l'air », « rester » et quelques autres), qui abondent dans les descriptions, **modalisent** l'énoncé.
- Lorsque Frédéric rencontre Mme Arnoux dans *L'Éducation sentimentale* de Flaubert (1869), il est écrit que les « bandeaux noirs » de la jeune femme « semblaient presser amoureusement l'ovale de sa figure ». Le verbe « sembler » instaure une **mise à distance**.

2. Phrases non verbales

- Éluder le verbe n'est pas anodin. En effet, si le propos gagne en originalité et en tension, il ne peut se comprendre que grâce au contexte.
- La formule averbale de Baudelaire, dans le poème « À une Passante », issu des *Fleurs du Mal*, « ailleurs, bien loin d'ici ! trop tard ! jamais peut-être ! », insiste sur la désespérance du poète devant la vision fugitive de la jeune femme.

II L'aspect

On s'intéresse, avec l'aspect, à la **manière dont s'effectue l'action**. Le sens du verbe peut en lui-même indiquer une notion aspectuelle précise. « Agoniser » désigne par exemple le fait de mourir lentement.

1. L'auxiliaire d'aspect

- Certaines expressions, très utilisées à l'oral, sont des « auxiliaires d'aspect ». La locution « être en train de » indique qu'il s'agit d'une action engagée, qui se poursuit au moment où l'on parle.
- « Se mettre à » et « être sur le point de » montrent qu'il est question d'une action qui va se réaliser.

2. Aspect accompli ou non accompli

- Les temps composés expriment une action terminée, **accomplie**. Dans *W ou le Souvenir d'enfance* (1975), Georges Perec déclare ainsi : « j'ai perdu mon père à quatre ans, ma mère à six ».

• Les temps simples, en revanche, expriment un fait **en train de se dérouler**. L'un des frères Goncourt raconte ainsi dans *Journal : mémoires de la vie littéraire* (1851-1895) : « En sortant de chez Flaubert, Zola et moi nous entretenions de l'état de notre ami [...]. »

Georges Perec (1936-1982)

Dans son récit, *W ou le Souvenir d'enfance*, l'auteur fait alterner son autobiographie fragmentaire et une fiction se déroulant sur l'île W, fonctionnant comme une contre-utopie.

3. Aspect itératif

• On parle d'aspect itératif lorsque **l'action exprimée par le verbe se répète**. L'imparfait, le présent d'habitude et les éléments brossant le contexte permettent de percevoir cette nuance.

• Dans *Les Misérables*, le travail de Cosette est ainsi décrit : elle « montait, descendait, lavait, brossait, frottait, balayait, courait, trimait, haletait, remuait des choses lourdes, et, toute chétive, faisaient les grosses besognes. » La succession des verbes à l'imparfait véhicule l'idée que les journées de la fillette sont répétitives et harassantes.

III Voix active et forme passive

1. Voix active

• L'emploi de la forme active permet d'**engager le sujet** du verbe dans l'action, et de le mettre en relief.

• Dans *Germinal* (1885), Zola écrit : « Au bout des galeries, l'air refoulé s'amassait, se comprimait, partait en explosions formidables [...] ». « L'air », sujet de verbes actifs, semble mu par une force qui lui est propre.

2. Forme passive

• Utiliser la forme passive permet de mettre en **relief** un élément en le plaçant dans la position du sujet qui subit l'action, alors qu'il n'aurait été qu'objet à la forme active.

• Peu avant d'évoquer l'air se mouvant dans les galeries, le narrateur de *Germinal* raconte que « la mine entière **était ébranlée** d'entrailles trop grêles, éclatant de la coulée énorme qui la gorgeait ». La mine est montrée comme un animal malade, à la merci des événements.

• La forme passive permet également d'**éluder l'identité** du responsable de l'action. Alexandre Dumas l'utilise pour raconter l'arrestation d'Edmond Dantès dans *Le Comte de Monte-Cristo* : « Il **fut amené** devant le procureur qui lui dit qu'on devait s'assurer de sa personne. »

La phrase complexe, l'interrogation et la négation

FICHE 30

I Les subordonnées conjonctives circonstancielles

1. La phrase complexe

- Une phrase complexe est composée de **plusieurs propositions, souvent subordonnées** les unes aux autres. Dans *Un amour de Swann* (1913), de Proust, on peut lire : « L'habit noir était défendu parce qu'on était entre "copains" [...]. »

- Cette phrase complexe comprend une **proposition principale**, « l'habit noir était défendu », reliée à une proposition **subordonnée conjonctive**, introduite par la **conjonction de subordination** (ou **mot subordonnant**) « parce que ».

- La proposition subordonnée a la fonction de **complément circonstanciel**, et peut prendre diverses nuances de sens, importantes à maîtriser lorsque l'on veut **argumenter**.

2. La cause, la conséquence et le but

- La subordonnée conjonctive « parce qu'on était entre "copains" » introduit un **complément circonstanciel de cause** qui permet de **justifier le propos** de la proposition principale « l'habit noir était défendu ». Plusieurs subordonnants, comme *puisque, comme, vu que, sous prétexte que*, etc., peuvent introduire un tel complément.

- Une proposition principale peut également être suivie d'une **subordonnée conjonctive complément circonstanciel de conséquence**. Elle est alors introduite par *si bien que, de sorte que, de façon que*, ou plus simplement par *que*, en relation avec *si, tant, tellement* ou *tel*. Ex. : « L'habit noir était défendu *de sorte que* personne ne le portait. » / « L'habit noir était *si* étrange *que* personne ne le portait. »

- Si on écrit « l'habit noir était défendu *pour qu'on ne nous confonde pas avec les ennuyeux* », la proposition subordonnée introduite par **« pour qu' »** est un **complément circonstanciel de but**. On peut remplacer *pour que* par *afin que* ou *de crainte que*.

3. Concession et condition

- On parle de **« concession »** lorsque des faits qui s'opposent coexistent. La subordonnée **conjonctive circonstancielle de**

concession est donc introduite par *alors que, même si* ou *tandis que*. Ex. : « ***Bien qu'****il eût entendu la consigne*, il portait un habit noir. »

- Attention : *bien que, quoique, quoi que, sans que*, etc., sont suivis d'un verbe au **subjonctif**. Les subordonnants *quand bien même* et *quand* induisent quant à eux un verbe au **conditionnel.** Les autres subordonnants sont suivis d'un verbe à **l'indicatif**. (Ex. : « *Quand bien même j'aurais un habit noir*, j'entrerai ».)

- Les subordonnées conjonctives introduites par ***au cas où***, ***selon que*** et ***à condition que*** expriment une condition. Dans la phrase « je porterai un habit noir ***au cas où*** *le maître d'hôtel m'ouvrirait* », la proposition subordonnée est un **complément circonstanciel de condition**.

II L'interrogation et la négation

1. L'interrogation

- La phrase interrogative débute par une **inversion du sujet et/ou un mot interrogatif**. Elle se termine par un point d'interrogation.

- **À l'oral** ou **au discours direct**, l'inversion du sujet n'est pas toujours respectée et **l'intonation montante** suffit parfois à faire comprendre que la phrase prononcée est une question.

- Au **discours indirect**, on rapporte les questions à l'aide d'une **proposition subordonnée interrogative indirecte**, à la suite d'une proposition principale contenant un verbe évoquant l'interrogation.

- Dans *La Peste* (1947), Camus écrit : « Cottard **demanda** alors [***s'****il était arrivé qu'on arrêtât quelqu'un qui se trouvait dans une clinique ou dans un hôpital*] ». Il n'y a alors ni inversion du sujet ni point d'interrogation.

2. La négation

- La forme négative est indiquée par l'emploi des **locutions** « ne… pas », « ne… jamais », etc. Ex. : « Je ne mange pas de potage »

- On peut aussi utiliser **des mots de sens négatif**, comme « nier » ou « refuser ». Dans *Le Père Goriot*, Vautrin dit ainsi : « À Paris, l'honnête homme est celui qui se tait et refuse de partager. »

Analyser le lexique et l'image

FICHE 31

I Les mots

1. Étymologie et formation des mots

- L'**histoire** des mots, l'étymologie, est utile à l'analyse des textes. Explorer sa racine **grecque ou latine** peut éclairer le sens particulier d'un mot.
- Les mots complexes sont formés par **dérivation**, c'est-à-dire par l'ajout de **suffixes** et/ou de **préfixes** qui modifient le sens originel du radical ou permettent de changer sa classe grammaticale.
- Le verbe « jurer » devient « parjurer » par l'adjonction du préfixe *par-* indiquant la transgression. Le « parjure » est une violation de serment. Le suffixe *-iste* permet de nominaliser le terme, sous la forme « juriste », qui désigne un spécialiste du droit.
- Le lexique s'enrichit également par **composition**, grâce à la fusion d'un terme avec un autre terme. On parle par exemple d'un « timbre-poste » ou d'un « portefeuille ».

2. Le vocabulaire de la lexicologie

- Certains auteurs procèdent, pour exprimer une idée le plus justement possible, par **néologismes** : ils créent des mots à partir de termes existants, en suivant les règles de formation admises. Dans *Pierrot mon ami*, en 1942, Queneau évoque ainsi la « manifestaille ». Ici, le suffixe *-aille* apporte une nuance péjorative au mot inventé par le poète pour décrire un groupe de manifestants.
- Certains termes sont **polysémiques**, c'est-à-dire qu'ils changent de sens ou de nuance de sens en fonction du contexte : le mot « cœur » n'a pas la même signification en médecine, en poésie, et en botanique. L'ensemble des sens d'un mot constitue son **champ sémantique**.

II Champ lexical, dénotation et connotation

1. Le champ lexical

- Un champ lexical est un ensemble de termes qui possèdent une **unité de sens** en se rapportant à une même **réalité**.
- Dans *Le Ventre de Paris* (1873), Zola décrit les Halles : « les choux faisaient des montagnes ; les énormes choux blancs, **serrés et**

durs comme des boulets de métal pâle ; les choux frisés, dont les grandes feuilles ressemblaient à des vasques de bronze [...] À l'autre bout, [...] l'ouverture de la rue Rambuteau était barrée par une barricade de potirons orangés [...]. »

- Les termes en bleu appartiennent au champ lexical de la guerre. Sa mise en évidence permet d'interpréter la description et de décrypter l'effet qu'a voulu créer l'auteur.

2. Dénotation et connotation

- Le mot est utilisé pour désigner une réalité explicite attestée par le dictionnaire. On parle de son aspect dénotatif. Le terme « rouge » dénote par exemple une couleur.

- Les mots recouvrent également des significations plus symboliques ou idéologiques. Ils sont connotés d'une certaine manière, qui change en fonction du contexte, du lectorat ou de l'auteur.

- L'emploi du terme « rouge » connotera ainsi le sang, la blessure, la vie, le mal et l'enfer, ou le feu et l'éclat.

III Comprendre l'image

1. La composition

- Une image possède une structure, qui régit l'organisation des éléments à l'intérieur du cadre. On peut ainsi isoler des lignes de force, c'est-à-dire des axes qui organisent le dessin, les formes et les couleurs, et qui orientent le regard du spectateur.

- Les lignes de force du tableau de Pissaro intitulé *La Seine et le Louvre* (1903) sont ainsi constituées par les lignes du pont des Arts, des contours du square et du toit du Louvre.

2. Le cadrage et le point de vue

- Le cadrage délimite l'espace représenté sur le tableau. Certains paysages bénéficient ainsi d'un plan d'ensemble, comme *Paysage avec orphée et Eurydice* de Poussin (1659). *La Madeleine à la veilleuse* de Georges de La Tour (1642-1644) est peinte en plan rapproché, et *Le Désespéré* de Courbet (1843-1845) en gros plan.

- Il est également important de prendre en compte le point de vue adopté. *Le Radeau de la Méduse*, de Géricault (1819), présente ainsi une vue en contre-plongée qui accentue le poids des personnages sur l'esquif. Le point de vue en plongée est utilisé, par exemple, par Degas dans *La Classe de danse* (1871-1874), pour donner de l'importance au parquet, principal instrument de travail des danseuses.

Vers la question de grammaire

Et bientôt, machinalement, accablé par la morne journée et la perspective d'un triste lendemain, je portai à mes lèvres une cuillerée du thé où j'avais laissé s'amollir un morceau de madeleine. Mais à l'instant même où la gorgée mêlée des miettes du gâteau toucha mon palais, je tressaillis, attentif à ce qui se passait d'extraordinaire en moi. Un plaisir délicieux m'avait envahi, isolé, sans la notion de sa cause. Il m'avait aussitôt rendu les vicissitudes de la vie indifférentes, ses désastres inoffensifs, sa brièveté illusoire, de la même façon qu'opère l'amour, en me remplissant d'une essence précieuse : ou plutôt cette essence n'était pas en moi, elle était moi.

Marcel Proust, *Du côté de chez Swann*, 1913.

1. Quels temps de l'indicatif rencontre-t-on dans ce passage ?
2. Expliquez comment les temps utilisés rendent sensible le développement des sensations du narrateur.

Avant de commencer

▶ Révisez les temps de l'indicatif et leurs valeurs.

▶ Soulignez dans le texte les différentes sensations éprouvées par le narrateur.

→ Ayez à l'esprit la formation des temps simples et composés de l'indicatif.

1. On rencontre quatre temps de l'indicatif : le passé simple (« je portai », « toucha », « je tressaillis »), l'imparfait (« se passait », « était »), le plus-que-parfait (« j'avais laissé », « m'avait envahi », « m'avait rendu ») et le présent (« qu'opère »).

→ Faites la relation entre la valeur des temps et la sensation exprimée.

2. Le passé simple présente des actions délimitées qui se succèdent. Ainsi, le narrateur écrit : « je portai à mes lèvres une cuillérée du thé », puis « je tressaillis ». L'imparfait est en revanche utilisé pour décrire les actions d'arrière-plan, qui ne sont pas limitées dans le temps et relèvent de l'ordre d'un processus. On peut ainsi lire qu'il est « attentif à ce qui se passait d'extraordinaire ».

Ce temps est également privilégié pour décrire l'état dans lequel se trouve le narrateur. En effet, il déclare : « cette essence n'était pas en moi, elle était moi ».

Enfin, le plus-que-parfait est nécessaire à l'analyse que l'auteur mène de la sensation qui l'envahit. Il affirme par exemple : « un plaisir délicieux m'avait envahi » et « il m'avait aussitôt rendu les vicissitudes de la vie indifférentes ». Ce temps est donc celui de l'explication et du commentaire des faits.

Quant au présent, il permet d'énoncer une vérité générale.

BILAN

Notions d'analyse littéraire et iconographique

FICHE 33

QUIZ-Mémorisation active

Questions	Réponses
« Je tremble parce que je suis mère » (Balzac). Dans cette phrase du *Père Goriot*, qu'exprime la subordonnée conjonctive : la cause ou la conséquence ?	Elle exprime la cause (le fait « d'être mère » justifie l'inquiétude du personnage).
Qu'est-ce que l'étymologie ?	L'étymologie est l'étude de la racine d'un mot (le plus souvent grecque ou latine).
« Je ne trouvai point Mme de Warens ; on me dit qu'elle venait de sortir pour aller à l'église. […] Je cours pour la suivre : je la vois, je l'atteins, je lui parle… » (*Les Confessions*, Rousseau, 1782). À quel temps les verbes soulignés sont-ils conjugués ? Quelle est sa valeur ?	Il s'agit du présent de narration.
Le conditionnel présent est-il seulement employé comme mode verbal ?	Non : on l'emploie également comme temps de l'indicatif exprimant, dans une proposition subordonnée, le futur dans le passé.
« Se mettre à », « être sur le point de » sont des auxiliaires. Comment les nomme-t-on précisément ?	Ce sont des auxiliaires d'aspect.
Lorsque l'on parle d'aspect « itératif », que signifie ce dernier terme ?	L'aspect itératif évoque une action verbale qui se répète.
« Toute la personne de cette enfant, son allure, son attitude […] son moindre geste, exprimaient et traduisaient une seule idée : la crainte ». Cette phrase extraite des *Misérables* de Victor Hugo est-elle simple ou complexe ?	C'est une phrase complexe : elle comporte deux propositions.
« Selon que vous serez puissant ou misérable, / Les jugements de Cour vous rendront blanc ou noir » (« Les animaux malades de la peste », La Fontaine). Quelle nuance de sens la conjonction de subordination « selon que » induit-elle ?	Elle exprime la condition.

SCHÉMA-BILAN

Les valeurs et modes des temps

Indicatif

- **4 temps simples** : présent, imparfait, futur simple, passé simple
- **4 temps composés** : passé composé, plus-que-parfait, futur antérieur (*il aura pris*), passé antérieur (*nous eûmes pris*)

→ Faits réels

Conditionnel

- **un temps simple** : présent (*tu marcherais*)
- **un temps composé** : passé (*tu aurais marché*)

→

- Faits soumis à une condition
- Action irréalisable (irréel du passé ou du présent)

Subjonctif

- **4 temps simples** : présent (*que tu veuilles*), passé (*que tu aies voulu*), imparfait (*que tu voulusses*), plus-que-parfait (*que tu eusses voulu*)

→

- Faits possibles
- Volonté

Impératif

- **un temps simple** : présent (*mange !*)
- **un temps composé** : passé (*aie mangé !*)

→

- Ordre ≠ défense
- Conseil

Les registres comique, tragique et pathétique

FICHE 34

- Le registre est la **tonalité** d'un texte. Il faut veiller, particulièrement au théâtre, à ne pas confondre le genre (la comédie, la tragédie, le drame) et le registre du texte.
- En effet, une tragédie de Racine peut comporter des passages lyriques et polémiques, et l'on peut rencontrer des tirades pathétiques dans une comédie de Molière.
- On dira donc que le **registre dominant** de la comédie est le registre comique, et que le registre dominant de la tragédie est le registre tragique.

I Le registre comique

Le registre comique suscite le rire ou le sourire, le plus souvent grâce à la création d'un **décalage** avec l'ordre habituel des choses.

1. Les procédés du comique

- Le comique au théâtre repose sur quatre procédés. Le **comique de situation** prend sa source dans les **quiproquos** (les malentendus) et les méprises.
- Le **comique de gestes** s'exprime particulièrement dans la farce, par des bastonnades ou des poursuites, tandis que le **comique de mots** se fonde sur les répétitions et les jeux de langage.
- Le **comique de caractère**, enfin, est porté par les personnages : les valets couards et gouailleurs, par exemple, sont comiques en eux-mêmes.

Marivaux (1688-1763)
Fondées sur le travestissement et les révélations, ses comédies amoureuses abondent en quiproquos.

2. Les formes du comique

- Le comique se déploie à différents degrés. Il est ainsi **burlesque** si le niveau de langue est inadapté à la situation.
- On parle de **parodie** lorsque l'on reprend une œuvre en en changeant le sujet, le registre, le cadre spatio-temporel, le point de vue ou le niveau de langage.
- La **satire**, quant à elle, repose sur la caricature, qui tourne en ridicule son sujet.

II Le registre tragique

Le registre tragique s'exprime grâce à un vocabulaire se référant à la **douleur**, à la **mort**, à la **colère impuissante**, et grâce à des figures de rhétorique exprimant **l'intensité** et **l'excès**.

1. La grandeur du héros et le noble discours

• Le héros tragique est un être **exceptionnel**, souvent d'ascendance divine, pourvu d'un sens du devoir hors du commun ou éprouvant une passion extraordinaire.

• Son discours porte les marques lexicales de la **fatalité**, de la mort et du désespoir, et évoque **l'accablement** et **l'impuissance** à changer les choses.

2. La grandeur de la douleur

• Sa colère, dirigée contre un autre personnage, les dieux ou le destin, est donc teintée d'exclamations et d'interjections et s'exprime par le biais d'**imprécations**, de **prières et** de **supplications**.

• Ainsi, dans Phèdre, l'héroïne éponyme de la tragédie de Racine se révolte contre les dieux en évoquant l'impuissance à laquelle ses sentiments pour Hippolyte la réduisent, puis les supplie de lui venir en aide pour se venger d'Aricie.

III Le registre pathétique

1. Vers la compassion du lecteur

• Exprimant la douleur et cherchant à susciter la **pitié** et la **compassion** du lecteur et du spectateur, le registre pathétique est fortement présent dans la **tragédie**.

• Pour qu'il se déploie, il faut une **situation malheureuse**. Le discours est alors empreint de **regrets** et de tristesse.

2. L'expression de la douleur

• Le lexique exprime la souffrance, les sensations et les sentiments, et les **phrases exclamatives et interrogatives** interpellent le destinataire.

• La souffrance exprimée par Arnolphe, personnage pourtant comique de *L'École des femmes*, est ainsi pathétique lorsqu'il tente d'émouvoir Agnès, à la scène 4 de l'acte V, en déclarant :

> « Vois ce regard mourant, contemple ma personne [...]
> Quelle preuve veux-tu que je t'en donne, ingrate ?
> Me veux-tu voir pleurer ? Veux-tu que je me batte ? »

Les registres lyrique et épique

FICHE 35

On rencontre les registres lyrique et épique dans toutes sortes d'œuvres littéraires : la poésie bien sûr, mais aussi le roman et le théâtre.

I Le registre lyrique

Étymologiquement, le terme « lyrisme » provient de la **lyre** utilisée par les **aèdes**.

1. Les origines et les thèmes

- Dans la **littérature antique**, le lyrisme caractérise toutes les formes de **poésies chantées**.
- À partir de **l'époque classique**, le terme ne s'applique plus qu'à des œuvres évoquant **l'amour, les plaisirs et les soucis** de la vie.
- **Aujourd'hui**, on définit le lyrisme comme **l'expression des sentiments personnels** et des émotions, tristes ou gaies, dont témoignent les œuvres littéraires.

2. Les marques du lyrisme

- Le lyrisme s'exprime dans **l'omniprésence du « je »**, évoquant l'importance de ce que le poète ou le personnage **ressent**. Il traduit souvent **l'exaltation du sentiment amoureux**, le bonheur ou le chagrin et le désespoir.
- Ainsi, dans les textes lyriques, le **lexique des sentiments** et des **sensations** est fortement représenté. Abondent également des phrases **exclamatives**, traduisant **l'élan** ou l'enthousiasme qui agite l'auteur.
- Le registre lyrique est très employé dans la **poésie romantique**. Lamartine écrit ainsi dans « Le Lac » (*Méditation poétiques*) :

> « Ô lac ! l'année à peine a fini sa carrière,
> Et près des flots chéris qu'elle devait revoir,
> Regarde ! je viens seul m'asseoir sur cette pierre
> Où tu la vis s'asseoir ! »

Lamartine (1790-1869) :
poète et homme politique, auteur des *Méditations poétiques* (1820), qui signe l'acte de naissance du romantisme en France.

II Le registre épique

1. L'épopée

• À l'origine, l'épopée est un **long récit** en vers ou en prose, mêlant **histoire et légendes**, chantant les **exploits de héros** aux qualités extraordinaires et défendant **les valeurs et l'idéal** d'une société.

• ***L'Énéide* de Virgile**, qui évoque la chute de Troie et les péripéties conduisant Énée à fonder la cité légendaire de Lavinium, est un récit épique : les dieux et les hommes se confondent au service de la promotion des valeurs romaines.

• Aujourd'hui, on considère parfois que certains romans sont des **épopées modernes**. *Les Misérables* peut par exemple être vu comme l'épopée de Jean Valjean, œuvrant pour changer la société du XIXe siècle en tentant d'en supprimer la misère.

L'épopée : Boileau, en 1674, définit l'épopée dans son *Art poétique*, comme « le vaste récit d'une longue action », où « tout prend un corps, une âme, un esprit, un visage ».

• Le **registre épique** peut ne toucher que **certaines scènes** d'une œuvre. Ainsi, dans la scène 3 de l'acte IV du *Cid*, de Corneille, il est présent lors du **récit** que fait Rodrigue de la **bataille** contre les Maures.

2. Les marques du registre épique

• Même lorsque l'on a affaire à une œuvre poétique, l'épopée est un **discours narratif**. Ainsi, on retrouve dans l'écriture épique les marques de la **succession des actions** et de l'inscription dans le temps.

• Le vocabulaire dénote bien souvent **l'outrance**, grâce à l'utilisation de pluriels ou de singuliers collectifs évoquant le peuple ou la troupe, d'adverbes d'intensité, de superlatifs et de répétitions.

• La référence aux **éléments naturels** ajoute également de la **puissance** et de la **violence** à la narration.

• Le ton est **emphatique** et les phrases souvent **longues** et **complexes**. Le but du registre épique est avant tout de **frapper l'imagination** du lecteur.

• Dans *Les Villes tentaculaires* (1895), Émile Verhaeren utilise ainsi le registre épique dans le poème intitulé « La bourse » pour décrire les événements ayant lieu dans une salle de marché :

« Une fureur réenflammée
Au mirage du moindre espoir
Monte soudain de l'entonnoir
De bruit et de fumée
Où l'on se bat, à coups de vols, en bas. »

Les registres polémique, épidictique et didactique

FICHE 36

I Les registres polémique et didactique

1. Le registre du combat

• Le terme « polémique » vient d'un mot grec signifiant **« la guerre »**. Le registre polémique a donc trait au **combat** : on l'utilise pour **provoquer** l'adversaire, bien souvent **dévalorisé**, et **interpellé** en termes péjoratifs.

• Le registre **polémique** est très employé dans les textes argumentatifs, car il permet d'**attaquer** ou de **défendre** un homme, une idée ou une cause.

2. Indignation et accusation

• Le polémiste crie ainsi à **l'injustice**, s'adresse au lecteur, utilise des hyperboles et des questions oratoires pour créer le **scandale**.

• **Voltaire**, dans *Femmes, soyez soumises à vos maris* (1759-1768), rapporte ainsi le dialogue entre l'abbé de Châteauneuf et la maréchale de Grancey, qui a lu, dans les *Épîtres de saint Paul*, la phrase suivante : « Femmes, soyez soumises à vos maris. »

• Elle fulmine : « Soyez soumises à vos maris ! Encore s'il s'était contenté de dire : Soyez douces, complaisantes, attentives, économes, je dirais : Voilà un homme qui sait vivre ; et pourquoi soumises, s'il vous plaît ? »

• Les propos de la maréchale, émaillés de phrases exclamatives et de questions oratoires, sont **volontairement provocants** à l'égard de l'Église, et défendent ouvertement les femmes.

> **« Faire polémique »** : expression utilisée pour parler de sujets d'actualité qui forcent la discussion, la controverse ou le débat d'idées.

3. Le registre didactique

• On utilise le registre didactique lorsque l'on écrit un texte dans le but d'**enseigner**. Il sera utilisé pour convaincre du bien-fondé d'une thèse ou d'une doctrine en l'expliquant et en la définissant. On retrouve donc retrouve ce registre dans de nombreux textes argumentatifs.

• **Arts poétiques**, **essais**, **morales des fables**, **manifestes littéraires** : les écrivains et les penseurs définissent et font comprendre leur pensée en accumulant les verbes au présent de vérité générale ou à **l'impératif présent**, ainsi qu'en utilisant des phrases déclaratives ou injonctives.

• Ainsi en est-il, par exemple, de la définition de la liberté donnée dans l'*Encyclopédie* de Diderot et d'Alembert (1751-1772) : « La liberté réside dans le pouvoir qu'un être intelligent a de faire ce qu'il veut, conformément à sa propre détermination. »

II L'éloge et le blâme : les deux versants du registre épidictique

1. L'éloge

• Lorsqu'on fait l'éloge d'une personne, on vante ses **qualités** et ses **mérites**, à travers des **formules laudatives**, pour que l'auditoire ou les lecteurs l'apprécient.

• Le locuteur émet un point de vue **subjectif**. Il s'implique donc fortement dans son propos, **interpellant** souvent le destinataire.

• On rencontre la forme de l'éloge dans les **plaidoyers**, les **oraisons funèbres** ou les **discours d'hommage**.

• En 1670, Bossuet prononce ainsi l'oraison funèbre d'Henriette d'Angleterre : « Princesse, le digne objet de l'admiration de deux grands royaumes, n'était-ce pas assez que l'Angleterre pleurât votre absence, sans être encore réduite à pleurer votre mort ? »

2. Le blâme

• Le blâme constitue le **contraire de l'éloge**. La personne ou l'idée qui en fait l'objet est ainsi décrite en termes peu flatteurs, et jugée de manière **négative**.

• Dans ses *Mémoires*, Saint-Simon présente Mme de Maintenon de cette manière : « Ses divers états l'avaient rendue flatteuse, insinuante, complaisante, cherchant toujours à plaire. Le besoin de l'intrigue […] l'y avaient formée, et lui en avaient donné le goût et toutes les adresses. »

• Le blâme peut prendre la forme du **réquisitoire** ou du **pamphlet** (un texte court et très agressif).

• Il revêt parfois le ton de la **satire** et **ridiculise** son objet à des fins **comiques**. Dans l'acte II du *Misanthrope* de Molière (1666), les portraits dressés par Célimène appartiennent au genre du blâme satirique.

Les figures d'analogie et de substitution

FICHE 37

La caractérisation des personnages passe souvent par l'emploi de figures de style d'analogie et de substitution qui la rendent plus expressive.

I Les figures d'analogie

On procède par analogie lorsque l'on rapproche un terme d'un autre, de façon à stimuler l'imagination du lecteur.

1. La comparaison

- La comparaison unit deux mots se référant à un même domaine, au moyen d'un **lien syntaxique** évident, porté par un adverbe ou une locution (ex. : « comme », « tel que », « pareil à », etc.), ou plus subtilement, par un **comparatif** ou les **formes verbales** « paraître », « sembler » ou « avoir l'air ».
- Ainsi, Victor Hugo évoque Quasimodo, dans *Notre-Dame de Paris* (1831), en le comparant à un lion : « Sa grosse tête chevelue s'enfonçait dans ses épaules **comme** celles des lions qui eux aussi ont une crinière et pas de cou. »
- En revanche, lorsque Balzac, dans *La Peau de chagrin*, écrit « cette tête est **encore mieux** meublée **que** ne le sont mes magasins », c'est la **structure comparative** qui permet la comparaison.

2. La métaphore

- La métaphore est un **transfert de sens** entre deux mots ou deux groupes de mots, sans utilisation de mots ni de structures comparatives, et selon un rapport de **ressemblance** plus ou moins évident.
- Lorsque Solal, héros éponyme du roman d'Albert Cohen paru en 1930, séduit Adrienne, le narrateur affirme, au discours indirect libre : « Elle était son seul pays », comparant **implicitement** la femme aimée à une terre d'attachement.
- Lorsqu'une métaphore en suggère d'autres et s'étend à une ou plusieurs phrases, on parle alors de **métaphore filée**.
- À propos du vieux duc de Guermantes, dans *Le Temps retrouvé*, Proust écrit : « Il n'était plus qu'une **ruine** [...] et moins encore qu'une ruine [...] un **rocher** dans la **tempête** ! » avant de poursuivre en évoquant ses traits bousculés « par une tragique **rafale** ».

3. L'allégorie et la personnification

• Une **allégorie** est une **image** qui rend une idée **concrète**. On parle ainsi de la « Grande Faucheuse » pour évoquer la mort.

• La **personnification** permet d'attribuer à des objets, des êtres inanimés ou des animaux des **comportements humains**.

• Victor Hugo, dans *Les Misérables,* personnifie Paris en faisant de la ville la mère de Gavroche. Il écrit ainsi : « Si l'on demandait à l'énorme ville : qu'est-ce que cela ? Elle répondrait : c'est mon petit. »

II Les figures de substitution

Ces figures permettent de remplacer un mot par un autre selon une relation **logique**.

1. Métonymie et synecdoque

• La **métonymie** s'opère lorsque l'on utilise une partie ou la matière d'un objet pour désigner l'objet lui-même. On dit par exemple « l'Élysée » pour désigner le président de la République. Cette figure permet un **raccourci d'expression**.

• On forme une **synecdoque** lorsque les deux termes sont rapprochés selon une **relation d'inclusion**.

• Dans *Une vie*, Maupassant présente Paul, un enfant « ignorant, niais, étouffé entre ces deux jupes et ce vieil homme aimable ». Les deux femmes qui élèvent le garçon sont ici désignées sous la forme d'une synecdoque : « deux jupes ».

Guy de Maupassant (1850-1893)

Écrivain réaliste et fantastique, il a écrit des contes, des nouvelles, et des romans, dont *Une vie* (1883) et *Bel-Ami* (1885) comptent parmi les plus célèbres.

2. La périphrase

• Pour former une périphrase, on remplace un mot par un groupe de mots ou une expression. On évoquera ainsi Zola comme « l'auteur des *Rougon-Macquart* ».

• La périphrase permet donc d'insister sur un **trait particulier** ou une **qualité singulière** de la personne ou de l'objet décrit.

Les figures d'amplification, d'atténuation et d'insistance

FICHE 38

I Les figures d'insistance

Ces figures de style traduisent la volonté de celui qui parle d'**agir** sur le destinataire. Elles sont particulièrement utilisées au théâtre et dans le genre **argumentatif**.

1. Insister par la répétition

- Au théâtre, la **répétition** est souvent **comique**. Mais on se rappellera aussi du valet Figaro, se lamentant dans la pièce de Beaumarchais : « Ô femme ! femme ! femme ! Créature faible et décevante ! » (acte V, scène 3).

- La **redondance** est l'art de dire la même chose en employant une expression ou un mot différent.
Ainsi, Orgon, dans *Le Tartuffe* de Molière, s'écrie à l'intention de Mme Pernelle : « je l'ai vu, dis-je, vu, de mes propres yeux vu, / Ce qu'on appelle vu. » (acte V, scène 3).

Beaumarchais (1732-1799)
Ce dramaturge, qui s'impose en maître de la comédie satirique, se moque dans ses pièces des mœurs des aristocrates de l'époque des Lumières.

- Répéter un mot en début de phrase ou de vers consiste à effectuer une **anaphore**. Dans *Le Cid*, le comte affirme ainsi :
« Mon bras qu'avec respect toute l'Espagne admire,
Mon bras, qui tant de fois, a sauvé cet empire,
Tant de fois affermi le trône de son roi [...] ! » (acte I, scène 4).

2. Insister par des procédés grammaticaux

- **L'énumération** est la juxtaposition de plusieurs éléments pour appuyer son propos, comme dans cette célèbre tirade d'*On ne badine pas avec l'amour*, d'Alfred de Musset : « Tous les hommes sont menteurs, inconstants, faux, bavards, hypocrites, orgueilleux et lâches, méprisables et sensuels [...]. » (acte II, scène 5).

- La **gradation** est une forme particulière d'énumération qui juxtapose des termes ou des expressions selon leur intensité de sens ou leur longueur. Dans *L'Avare* de Molière, Harpagon s'écrie : « Je suis perdu, je suis assassiné, on m'a coupé la gorge, on m'a dérobé mon argent » (acte IV, scène 7). Combinant métaphores et hyperboles, la **gradation des expressions** est organisée pour rendre la chute comique.

3. L'hyperbole

• **L'hyperbole** est une **exagération** du propos, que le locuteur effectue à l'aide d'un lexique particulier, d'adverbes d'intensité ou de structures superlatives.

• Souvent, la **métaphore** et la **comparaison** sont employées de **manière hyperbolique** pour augmenter ou minorer la réalité à l'excès, de façon imagée.

• Dans *Ruy Blas* de Victor Hugo, le héros éponyme exprime ainsi sa joie dans l'acte III, scène 4 :

Victor Hugo (1802-1885)

Ce poète, romancier, dramaturge et homme politique, embrasse, grâce à son œuvre littéraire et à ses engagements, l'ensemble du XIXe siècle.

« Devant moi tout un monde, un monde de lumière,
Comme ces paradis qu'en songe nous voyons,
S'entrouvre en m'inondant de vie et de rayons ! »

II Les figures d'atténuation

1. La précaution oratoire

• Le langage précieux du XVIIe siècle reste le champ de prédilection des figures servant à **atténuer** les propos, grâce notamment à l'emploi de la **précaution oratoire**, qui vise à prévenir l'auditeur que les paroles qui suivent pourraient l'offusquer.

• Molière, témoignant d'une grande prudence, commence ainsi l'épître dédicatoire « à Madame » précédant *L'École des femmes* en écrivant : « Je suis le plus embarrassé des hommes du monde, lorsqu'il me faut dédier un livre [...]. »

2. L'euphémisme

• L'euphémisme est l'art d'**atténuer un propos** qui pourrait choquer.

• Thésée, dans la scène 6 de l'acte V du *Phèdre* de Racine, évoque la mort d'Hippolyte en utilisant l'expression : « mon fils n'est plus ».

3. La litote

• La litote atténue la vigueur d'un énoncé pour au contraire le **renforcer**.

• De ce fait, la litote utilise souvent une formule de **négation du contraire**. Chimène, s'adressant à Rodrigue dans *Le Cid* de Corneille, dit : « Va, je ne te hais point. » Ne pas haïr revient en effet à aimer (acte III, scène 4).

Les figures d'opposition et l'ironie

FICHE 39

I Les figures d'opposition

Les figures d'opposition soulignent les **contradictions**. Elles sont présentes dans les textes argumentatifs, mais aussi narratifs, poétiques et théâtraux.

1. L'antithèse

• L'antithèse est une figure de style qui rapproche deux termes contraires **à l'intérieur d'une même phrase**.

• Elle souligne un **contraste**, une incompatibilité.

• Dans l'*Émile*, Rousseau affirme : « Conscience ! conscience ! instinct divin, immortelle et céleste voix ; guide assuré d'un être **ignorant et borné**, mais **intelligent et libre** [...]. » Les deux groupes d'adjectifs qui qualifient l'« être » sont antithétiques.

2. L'oxymore

• L'oxymore rapproche deux termes de sens contraire **dans une même expression**, provoquant une **image** surprenante.

• Dans « Le Lièvre et la Tortue », La Fontaine écrit, en parlant de la tortue :

« Elle part, elle s'évertue
Elle se hâte avec lenteur. »

• L'expression « se hâter avec lenteur » est un oxymore qui rend compte, en une image **synthétique**, de l'opposition du projet de la tortue et de ses capacités physiques à le réaliser.

3. Le chiasme

• Le chiasme est à la fois une figure d'**inversion grammaticale** et d'**opposition de termes**.

• Dans *Melancholia*, Victor Hugo s'indigne ainsi du travail des enfants :

« Rachitisme ! travail dont le souffle étouffant
Défait ce qu'a fait Dieu, qui tue, œuvre insensée,
La **beauté** sur les **fronts**, dans les **cœurs** la **pensée**. »

• Le dernier alexandrin de l'extrait du poème présente un chiasme contenu dans les termes « beauté-fronts/cœurs-pensée » : les « fronts » et les « cœurs » sont des réalités concrètes, tandis que la « beauté » et la « pensée » sont des réalités abstraites.

II Les procédés de l'ironie

1. Reconnaître l'ironie

Citation : « Point d'injures, beaucoup d'ironie et de gaieté : les injures révoltent, l'ironie fait rentrer les gens en eux-mêmes, la gaîté désarme. » Voltaire, *Lettre à M. le comte d'Argental*, 1772.

• On utilise l'ironie pour **se moquer** d'un être ou d'une idée. Rompant l'unité du discours, elle **déstabilise** et crée la surprise.

• L'ironie est une **figure de pensée**, qui se sert de procédés stylistiques (comme les figures de style ou une syntaxe particulière) pour se réaliser.

• Selon Philippe Lejeune, dans *Je est un autre* (1980), « un énoncé ironique est un énoncé par lequel **on dit autre chose** que ce que l'on pense en **faisant comprendre** autre chose que ce que l'on dit ». C'est donc un énoncé qui **superpose** plusieurs voix.

2. L'antiphrase

• C'est le procédé ironique par excellence. L'antiphrase consiste à **dire le contraire** de ce que l'on veut signifier, en prenant en compte une relation de **connivence** entre le locuteur et l'auditeur.

• Dans la scène 4 de l'acte I du *Tartuffe* de Molière, Orgon ne prend pas garde à l'état de sa femme malade. La servante Dorine, ironique, conclut alors ainsi la scène :

« Et je vais à Madame annoncer par avance
La part que vous prenez à sa convalescence. »

3. Le faux éloge

• Le faux éloge reprend les caractéristiques de l'éloge en dressant, grâce à **l'ironie perceptible**, un **portrait satirique** d'un homme ou d'un personnage.

• Dans la scène 2 de l'acte III du drame de Victor Hugo, le valet Ruy Blas, devenu Premier ministre du roi d'Espagne, surprend les conseillers en flagrante malversation. **Agressif**, il les interpelle sur ce mode : « Bon appétit, messieurs ! Ô ministres intègres ! Conseillers vertueux ! »

• Le ton n'est cependant pas toujours aussi belliqueux. Dans les *Lettres persanes*, Rica, après avoir évoqué le roi, écrit : « il y a un autre magicien plus fort que lui, qui n'est pas moins maître de son esprit, qu'il l'est lui-même de celui des autres. Ce magicien s'appelle le pape [...]. »

Exercice commenté pas à pas

Vers le commentaire

Quand Gervaise s'éveilla, vers cinq heures, raidie, les reins brisés, elle éclata en sanglots. Lantier n'était pas rentré. Pour la première fois, il découchait. Elle resta assise au bord du lit, sous le lambeau de perse déteinte qui tombait de la flèche attachée au plafond par une ficelle. Et, lentement, de ses yeux voilés de larmes, elle faisait le tour de la misérable chambre garnie, meublée d'une commode de noyer dont un tiroir manquait, de trois chaises de paille et d'une petite table graisseuse, sur laquelle traînait un pot à eau ébréché. On avait ajouté, pour les enfants, un lit de fer qui barrait la commode et emplissait les deux tiers de la pièce.

Émile Zola, *L'Assommoir*, 1877.

Quel est le registre dominant de l'incipit de *L'Assommoir* ? Proposez un paragraphe de commentaire sur ce thème.

Avant de commencer

- Relevez les champs lexicaux dominants.
- Interrogez-vous sur l'effet que produit ce texte : vous fait-il rire, vous rend-il triste, exprime-t-il la souffrance d'un personnage ?
- Revoyez la méthode de rédaction du paragraphe de commentaire.

→ Relevez les réseaux lexicaux pour trouver le champ lexical dominant.

On trouve le champ lexical de la souffrance mêlé à celui de la misère : « raidie », « les reins brisés », « sanglots », « flèche », « ses yeux voilés de larmes », « misérable chambre », « manquait », « pot [...] ébréché ».

→ Analysez l'effet produit par le texte.

Le texte exprime la souffrance physique et morale de Gervaise et suscite de la pitié chez le lecteur.

→ Rédigez le paragraphe de commentaire, en insérant des citations donnant lieu à des interprétations.

L'incipit de *L'Assommoir* est pathétique. Gervaise n'est que douleur et peine : elle se réveille « raidie », les « reins brisés ». Elle pleure, et l'on découvre de son point de vue la « misérable chambre » dans laquelle elle vit avec ses enfants. En effet, pour décrire la pièce où vit le personnage, le narrateur fait appel à un vocabulaire péjoratif : la « flèche » du lit n'est habillée que d'un « lambeau de perse » et tient grâce à une simple « ficelle ». Le manque est omniprésent dans cette chambre pourtant « garnie » : un tiroir manque à la commode, les quatre habitants ne possèdent que « trois chaises de paille » et les deux enfants doivent partager un « lit de fer ». Enfin, le registre pathétique s'exprime également à travers les adjectifs évoquant la saleté ou l'usure : la perse est ainsi « déteinte », la table « graisseuse » et le pot à eau « ébréché ». L'inconfort et la pauvreté assaillent Gervaise.

Le lexique est donc celui de la souffrance, et l'objectif du texte est de susciter la compassion du lecteur pour le personnage.

BILAN

Registres de texte et figures de style

FICHE 41

QUIZ-Mémorisation active

Questions	Réponses
Dans *De l'horrible danger de la lecture,* Voltaire fait dire à un mouphti de l'Empire ottoman : « Il arriverait sans doute qu'à force de lire les auteurs occidentaux qui ont traité des maladies contagieuses, et de la manière de les prévenir, nous serions assez malheureux pour nous garantir de la peste, ce qui serait un attentat énorme contre les ordres de la Providence. » Le philosophe fait-il ici l'éloge ou le blâme de la lecture ?	Sous couvert du blâme absurde des effets possibles de la lecture, le philosophe en fait bien évidemment l'éloge.
« Mais je demande en vain quelques moments encore, / Le temps m'échappe et fuit ; / Je dis à cette nuit : sois plus lente ; et l'aurore / Va dissiper la nuit. » (Lamartine, « Le lac », *Méditations poétiques*, 1820). Quelle est le registre dominant de ces vers ?	Il s'agit du registre lyrique.
Le terme « épique » a la même racine étymologique que le mot « épopée ». À l'origine, à quel thème ce genre était-il réservé ?	À l'origine, l'épopée chantait les exploits des héros, symboles de l'idéal d'une société.
« J'accuse les bureaux de la guerre d'avoir mené dans la presse [...] une campagne abominable, pour égarer l'opinion et couvrir leur faute. » (Zola, *J'accuse*, 1898). Quel registre cette phrase met-elle en œuvre ?	Elle met en œuvre le registre polémique.
Comment qualifie-t-on un texte dont la visée est d'enseigner ?	Il s'agit d'un texte didactique.
Sur quelle relation la métaphore et la comparaison reposent-elles ?	Ces figures de style reposent sur une relation d'analogie.
« Dans ce meilleur des mondes possibles, le château de monseigneur le baron était le plus beau des châteaux et madame la meilleure des baronnes possibles. » (Voltaire, *Candide*, 1759). Quelle figure de style repérez-vous dans cette phrase ?	Il s'agit d'une hyperbole.

Questions	Réponses
« Je serai ton cercueil, aimable pestilence (Baudelaire, « Le flacon », *Les Fleurs du mal*, 1857). Quelle figure de style l'expression soulignée forme-t-elle ?	C'est un oxymore.
« Cette obscure clarté qui tombe des étoiles / Enfin avec le flux nous fait voir trente voiles » (Corneille, *Le Cid*, 1637). Quelle figure de style l'expression soulignée forme-t-elle ?	Il s'agit d'une métonymie : les voiles désignent ici les bateaux.

SCHÉMA-BILAN

Les principaux registres de textes

Registre	Ce qu'il exprime	Caractéristiques
Lyrique	Sentiments personnels	• Omniprésence du « je » • Phrases exclamatives et interrogatives • Musicalité des phrases • Thèmes fréquents : amour, fuite du temps
Pathétique	La douleur et la souffrance pour susciter la compassion	• Lexique de la souffrance • Phrases exclamatives et interrogatives
Tragique	La fureur et l'accablement pour susciter terreur et pitié	• Lexique de la fatalité et de l'impuissance • Prières et supplications • Niveau de langue élevé
Épique	Vante les exploits d'un héros pour frapper l'imagination	• Texte narratif • Verbes d'action • Procédés évoquant l'outrance • Références aux éléments naturels • Phrases longues et complexes
Comique	Le rire ou le sourire	• Emploi des quatre procédés comiques • Création d'un décalage avec la situation attendue • Tendance éventuelle à la parodie ou à la satire

Préciosité et classicisme

FICHE 42

I La préciosité

1. Les salons précieux

- Le mouvement précieux est né dans les **salons féminins** parisiens. Après le règne d'Henri IV, assassiné en 1610, qui a mis à l'honneur les soldats et la guerre, les aristocrates souhaitent retrouver un certain **raffinement** des relations et des usages.
- De 1620 à 1665, se réunissent chez **Mme de Rambouillet** (connue sous le nom d'Arthénice), le poète Voiture, le cardinal Richelieu, Mme de Sévigné, ou encore Corneille. **Mlle de Scudéry** reçoit elle aussi régulièrement **l'élite culturelle** dans la « ruelle » de sa chambre d'apparat, c'est-à-dire dans l'espace jouxtant le lit.

2. La carte du Tendre

- On joue à des jeux littéraires et galants, et l'on parle dans ces salons principalement d'**amour** sous sa forme **romanesque**. On commente ainsi *L'Astrée* d'Honoré d'Urfé, un roman pastoral (1607-1627), et *La Guirlande de Julie*, un recueil de madrigaux écrit en l'honneur de la fille de la marquise de Rambouillet.
- Mlle de Scudéry compose quant à elle un long roman, *Clélie, histoire romaine* (1654-1660), dans lequel elle dessine une « carte du Tendre », traçant le **parcours éprouvant** des amoureux à travers le pays de **l'amour galant**.

3. Le style

- Le langage précieux est marqué par la célébration de la **poésie galante** (madrigaux, épigrammes, blasons), par l'importance des jeux de langage, ainsi que par l'usage de la **litote** et de la métaphore.
- On retrouve des traces de cette langue dans les tirades d'Hippolyte, le jeune prince amoureux d'Aricie dans *Phèdre* (1677), de Racine. Dans la scène 1 de l'acte V, il déclare ainsi : « Mon cœur pour s'épancher n'a que vous et les dieux. »
- Les **excès** précieux attirent cependant les foudres de la **critique**. Molière, pourtant habitué à ces salons, s'en moque dans ***Les Précieuses ridicules*** (1659).

II Le classicisme

1. La querelle du *Cid*

- La vie de Corneille embrasse l'ensemble du XVIIe siècle. Ses premières pièces, qui connaissent des succès retentissants, appartiennent pour certaines à l'esthétique baroque. Il donne *Le Cid* pour la première fois en 1637.

- Cette tragicomédie, qui marque le siècle de son empreinte, fait l'objet d'une querelle. Ses détracteurs lui reprochent son irrégularité : elle ne respecte pas les règles antiques de vraisemblance et de bienséance et plagie une pièce espagnole.

- Cette pièce représente un moment charnière entre l'esthétique ancienne vantant l'héroïsme, et le classicisme nouveau, explorant la mesure et la rigueur imposées à l'« honnête homme ».

2. Un idéal rigoureux

- Louis XIV gouverne seul à partir de 1661 et incarne la monarchie absolue. Souhaitant accroître le prestige de la France, il impose aux arts et aux lettres une nouvelle rigueur.

Corneille, Racine et Molière
Usant parfois de cabales et de machinations, ces grands dramaturges se sont disputé les faveurs de Louis XIV, dont dépendaient entièrement leur sort et la réception de leurs pièces.

- Le classicisme s'impose donc dans la seconde moitié du siècle. Reprenant les principes énoncés par Malherbe (1555-1628), Boileau théorise les exigences du mouvement dans son *Art poétique*, en 1674.

- Il convient selon lui d'imiter les Anciens, à qui l'on emprunte les formes et les sujets, de rechercher l'harmonie d'un naturel dépouillé et simple, et de respecter les lois de composition énoncées par Aristote (les règles des trois unités, ainsi que les règles de vraisemblance et de bienséance), afin que l'œuvre plaise et instruise.

3. Le théâtre et les autres genres littéraires

- C'est sans doute au théâtre que s'épanouissent les plus grands chefs-d'œuvre classiques, notamment grâce aux comédies que donne Molière de 1659 à 1673 et aux tragédies que fait jouer Racine entre 1664 et 1691.

- La littérature morale, notamment grâce aux *Maximes* de La Rochefoucauld (1665), aux *Pensées* de Pascal (1670) et aux *Oraisons funèbres* de Bossuet (1627-1704), connaît également de belles heures.

- Les *Fables* de La Fontaine (1668) et *Les Caractères* de La Bruyère (1688) représentent enfin une chronique intéressante de la vie de la cour.

Le mouvement libertin et les Lumières

FICHE 43

Le règne de Louis XIV se termine dans une **austérité** si grande que la cour salue avec soulagement la régence de Philippe d'Orléans en 1715.

I Le mouvement libertin

Le terme « libertin » vient du mot latin *libertinus*, signifiant **« esclave affranchi »**. Né à la fin du XVIIe siècle, le mouvement libertin prend de l'ampleur au XVIIIe siècle.

1. La liberté de pensée

- Le libertinage se fonde sur l'affirmation d'un **esprit fort**, qui, à l'image du **Dom Juan** de Molière, fait fi des dogmes religieux, des superstitions et des croyances.

- D'abord **philosophique**, comme le montrent les *Entretiens sur la pluralité des mondes* de **Fontenelle** (1686), le mouvement dérive vers la liberté de mœurs et la recherche du plaisir des sens.

- Violemment rejetés par l'Église, qui refuse leur scepticisme et leur **manque de soumission**, les libertins **défient** la morale, le mariage et l'autorité paternelle. Ils exaltent le raffinement des plaisirs, qui passe par l'élaboration de **stratégies de séduction** quasi guerrières.

2. Le libertinage dans les arts

- Choderlos de Laclos illustre le libertinage dans ***Les Liaisons dangereuses*** (1782), un roman épistolaire qui donne à voir les agissements de deux libertins cyniques et sans scrupules, le vicomte de Valmont et la marquise de Merteuil.

- Le peintre **Fragonard** (1732-1806) participe lui aussi à ce mouvement, particulièrement prégnant dans ***Le Verrou*** (1777) ou *Les Hasards heureux de l'escarpolette* (1767-1768).

II Les Lumières

1. Un mouvement européen

- Parallèlement, les **découvertes** géographiques et scientifiques ouvrent de nouveaux horizons à l'**Europe**, qui s'anime d'un élan d'**optimisme** et de foi dans l'homme et le progrès : l'homme croit aux « lumières » de sa **raison** pour sortir de l'ignorance et de l'obscurantisme.

- Hommes de lettres et philosophes voyagent, et s'imprègnent de **cultures** et d'expériences **politiques** différentes : Voltaire s'expatrie quelques années en Prusse, Diderot en Russie, et, en 1704, Galland traduit *Les Mille et Une Nuits*.

- Un regard neuf et **critique** se pose ainsi sur la monarchie de Louis XVI. Les philosophes demandent un pouvoir éclairé, concerté, plus tolérant, et la bourgeoisie, qui s'enrichit, conteste les avantages de la noblesse oisive.

2. Une littérature de combat

- La connaissance de **l'autre, la justice, l'égalité**, et le **droit au bonheur** font l'objet de débats. La lutte contre **l'intolérance religieuse** et les superstitions entretenues par l'Église sont autant de combats menés par les écrivains, qui s'impliquent et s'engagent.

- Mais en s'opposant à l'obscurantisme, les gens de lettres se heurtent à la censure, et sont même parfois contraints à l'exil. Pour diffuser ses idées, Montesquieu use donc du récit épistolaire dans les *Lettres persanes* (1721), et de l'ironie dans *De l'esprit des lois* (1748).

3. Diderot, Voltaire et Rousseau

- Afin de diffuser le savoir, **Diderot** et **d'Alembert** orchestrent la rédaction de l'*Encyclopédie* (1751-1772), un dictionnaire regroupant 72 000 articles sur des sujets variés. L'ouvrage, dérangeant et subversif, remet en cause les institutions, ainsi que les abus des pouvoirs politique et religieux.

- **Voltaire** (1694-1778), qui participe à l'*Encyclopédie*, est une figure emblématique du siècle. Tragédies, poèmes, lettres, contes philosophiques : il s'essaie à tous les genres littéraires. Grand **pamphlétaire**, il ridiculise de sa plume ses adversaires, et, en 1762, lutte, dans **l'affaire Calas**, contre l'injustice faite à cette famille de protestants, obtenant réparation.

- Quant à **Rousseau** (1712-1778), il s'engage, dans son *Discours sur l'origine et les fondements des inégalités parmi les hommes* publié en 1755, et dans son ouvrage *Du contrat social* (1762), pour davantage de **liberté** et d'**égalité**, en défendant le mythe originel du **« bon sauvage »**.

Le romantisme

FICHE 44

La **Révolution française** a ouvert la voie aux **idéaux égalitaires** et à un **goût d'absolu**.

I Le romantisme

1. Un mouvement européen

• Les guerres et les campagnes napoléoniennes, l'émigration due aux troubles de la Révolution et l'éveil du sentiment national donnent naissance à un nouveau **cosmopolitisme**.

> ***Faust*** **(1808)**
> Cette autre œuvre majeure de **Goethe**, qui précède l'avènement du romantisme, reprend le vieux mythe littéraire de l'érudit vendant son âme au diable, en échange du savoir absolu.
>
> 

• *Les Souffrances du jeune Werther,* roman épistolaire publié par l'Allemand **Goethe** en 1774, et les romans historiques de l'écrivain britannique **Walter Scott** (1771-1832) influencent profondément le romantisme français.

2. Un mouvement total

• Il est difficile de réduire le romantisme à quelques notions. Les écrivains romantiques célèbrent **la sensibilité, l'émotion et l'imagination**, à travers l'expression du **lyrisme** personnel et **l'exaltation du moi.**

• Le romantisme touche tous les arts. Il s'exprime dans la **musique** de Berlioz, de Beethoven, de Liszt ou de Chopin.

• La peinture de C. D. Friedrich, la *Jeune orpheline au cimetière* (1824), *La Liberté guidant le peuple* (1830) de **Delacroix**, ou encore *Le Radeau de la Méduse* de **Géricault** (1818-1819) donnent également à voir **l'élan**, **l'agitation** et **l'extrême émotion** caractéristiques du mouvement.

3. Le héros romantique

• Inquiet, seul, atteint d'une extrême lassitude ou d'une immense révolte, le héros romantique est jeune et sensible. Il vit en communion avec la nature, « miroir » de son âme tourmentée.

• Il peine à trouver sa place dans la réalité d'un monde qui convient mal à ses rêves d'absolu et à sa quête de l'idéal. Il en ressent un ennui, un vague à l'âme ou une **mélancolie** indéfinissable.

• Le héros éponyme du roman *Adolphe*, écrit par Benjamin Constant en 1816, éprouve « cette fatigue, cette incertitude, cette absence de force » qui caractérise ce **mal du siècle**.

II Deux générations romantiques

1. La première génération : le mal du siècle

• Après un voyage de jeunesse en Amérique, au cours duquel il a pu admirer la nature vierge et nouvelle, Chateaubriand (1768-1848) met à l'honneur **l'exotisme** des amours de deux sauvages dans *Atala* (1801) et le mal du siècle dans *René* (1802), une œuvre à laquelle toute une génération s'identifie.

• En 1820, dans *Les Méditations poétiques*, dont « Le lac » est un célèbre extrait, Lamartine chante avec **lyrisme et mélancolie** son amour brisé pour la défunte Julie Charles, surnommée Elvire.

2. La seconde génération : le romantisme de combat

• La révolte romantique conduit à la volonté d'être **libre de créer** sans contraintes imposées : les écrivains se libèrent au théâtre de la règle de bienséance et de celle des trois unités. En poésie, **l'inspiration** se renouvelle et la versification se modernise.

• La vie de Victor Hugo embrasse le siècle en son entier. Chantre du romantisme, il réunit autour de lui un **cénacle** d'artistes et excelle dans tous les genres : en **poésie** avec Les *Rayons et les Ombres* (1840), au théâtre avec les drames *Hernani* (1830) ou *Ruy Blas* (1838), et dans le genre romanesque avec *Les Misérables*, qui paraissent en 1862.

• **Stendhal** s'engage lui aussi dans la bataille romantique, déclenchée lors de la première d'*Hernani*. Ainsi, entre 1823 et 1825, il publie *Racine et Shakespeare*, expliquant que « le romantisme est l'art de présenter aux peuples les œuvres littéraires qui [...] sont susceptibles de leur donner le plus de plaisir possible. »

• Son style sans fioritures, qui marche **« droit à l'objet »** selon ses propres mots, apparente Stendhal aux **réalistes**. Cependant, les héros de *La Chartreuse de Parme* (1839) ou du *Rouge et le Noir* (1830), partant à la **conquête** de la société, témoignent d'un certain romantisme lorsqu'ils déploient leur force et leur intelligence pour atteindre le bonheur, vécu comme une **émotion ultime et totale**.

Le réalisme et le naturalisme

FICHE 45

L'idéalisation romantique du monde et de l'homme rencontre des détracteurs à partir des années 1830.

I Le réalisme

Le terme « réalisme » est mis à l'honneur pour la première fois dans *Le Mercure de France* en 1826, puis se précise en 1856 grâce à la parution d'une revue à laquelle il sert de titre.

1. L'ambition réaliste

- Les écrivains réalistes veulent décrire la réalité telle qu'elle est, sous toutes ses formes : **sociale**, humaine et **psychologique**.
- En 1849, le peintre **Courbet** fait **scandale** avec *Un enterrement à Ornans*, le tableau d'une scène de deuil où des inconnus sont représentés en grand format, comme les personnages d'une peinture historique.
- Au XIXe siècle, les romans et les nouvelles sont très prisés. Les lecteurs y retrouvent des personnages de toutes les classes sociales (bourgeois, ouvriers ou paysans), évoluant dans une société qui leur est familière, dont l'auteur dévoile les rouages.

2. *La Comédie humaine* de Balzac

- Balzac (1799-1850) publie ***Le Père Goriot*** en 1835. Ce roman constitue le début de ***La Comédie humaine*** (1842-1848), un cycle romanesque dans lequel l'écrivain organise le retour de personnages d'un roman à l'autre.
- Balzac expose les principes de son œuvre dans l'avant-propos : ses romans naissent de l'**observation** du réel, et la psychologie de ses personnages se retrouve dans leur apparence physique, obéissant à la **physiognomonie**.
- Observateur sans illusions, il dresse une **histoire des mœurs**, aussi importante selon lui que l'histoire officielle. Il déclare : « La société française allait être l'historien, je ne devais être que le **secrétaire**. »
- **Décrivant** avec minutie la petite **bourgeoisie de province**, le romancier peint des **types humains** qu'il rend **vraisemblables** : le père Goriot est ainsi le « christ de la paternité », le père Grandet la personnification de l'avarice et Vautrin l'allégorie du crime.

3. Le roman, un miroir

• **Flaubert** (1821-1880) définit, quant à lui, une **méthode scientifique** pour aboutir au réalisme : il multiplie ainsi les observations **objectives**. L'histoire de *Madame Bovary* (1857) naît d'un **fait divers**, et chaque situation décrite est minutieusement **documentée** par des enquêtes de terrain.

• Selon l'auteur, le romancier doit **s'effacer** de son œuvre : il faut, « par un effort d'esprit, se transporter dans les personnages et non les attirer à soi ». La psychologie des personnages se loge ainsi dans les **détails concrets** qu'elle implique.

II Le naturalisme

1. Du réalisme au naturalisme

• **Maupassant** publie en 1888 *Pierre et Jean*, un roman dont la préface définit et critique le roman et la nouvelle réaliste. Pour l'écrivain, « faire vrai consiste à donner **l'illusion complète** du vrai ».

• La **radicalisation** de la méthode scientifique appliquée au roman aboutit au **naturalisme** : décrire la réalité est en effet une recomposition, une expérience, une **expérimentation**.

Le naturalisme : Émile Zola, les frères Goncourt, et quelques autres s'inscrivent dans ce mouvement littéraire qui prend appui sur les sciences expérimentales pour décrire et expliquer la réalité sociale.

2. *Les Rougon-Macquart* de Zola

• Comme il l'explique dans *Le Roman expérimental* (1880), Zola applique au genre romanesque les théories scientifiques de Claude Bernard, montrant ainsi comment l'**hérédité**, le **milieu social** et les **circonstances** influent sur la destinée des personnages.

• Dans la préface de *L'Assommoir*, en 1877, il écrit ainsi : « J'ai voulu peindre la **déchéance fatale** d'une famille ouvrière, dans le milieu empesté de nos faubourgs. Au bout de l'ivrognerie et de la fainéantise, il y a le relâchement des liens de la famille, les ordures de la promiscuité, l'oubli progressif des sentiments honnêtes, puis comme dénouement la honte et la mort. C'est de la **morale en action**, simplement. »

Le Parnasse, la décadence et le symbolisme

FICHE 46

I Le Parnasse et la décadence

1. Le Parnasse

• Les trois volumes du *Parnasse contemporain*, publiés de 1866 à 1876, sont le fruit du travail d'un groupe de poètes réunis autour de **Leconste de Lisle** (1818-1894).

• Animés par un rejet des effusions et des élans lyriques du romantisme, les poètes du Parnasse, dont font partie Baudelaire, Verlaine, Mallarmé et Gautier, œuvrent à une poésie approchant la **perfection formelle**.

• Entre retour au **passé antique** et mythique et culte de la **science** positiviste, en vogue à l'époque, ils professent **« l'art pour l'art »** : selon ce qu'affirme Théophile Gautier, dans la préface de *Mademoiselle de Maupin* (1835), « il n'y a de vraiment beau que ce qui ne peut servir à rien ».

2. La décadence

• Le mouvement décadent s'accorde avec l'esprit **« fin de siècle »** qui sévit à partir de 1870. **Déclin affecté**, style **subversif** et **dandysme** provocateur unissent ces poètes et ces romanciers.

• **Art de vivre** et d'écrire, le décadentisme n'a jamais été théorisé. On en retrouve les thèmes dans *À rebours* (1884), le roman de Huysmans qui met en scène un antihéros aristocrate et esthète.

• On rattache également à ce courant la figure du **poète maudit**, incarnée par exemple par **Lautréamont**, l'auteur des *Chants de Maldoror* en 1868, et Baudelaire, aux prises avec les paradis artificiels et l'incompréhension des foules.

II Le symbolisme

1. Les origines

• Révoltés par l'esprit scientifique qui colore le XIXe siècle, certains poètes ayant participé au mouvement décadent et au Parnasse invoquent une lecture plus **spirituelle** et plus **symbolique** du monde.

- Baudelaire ouvre ainsi la voie de la modernité en recherchant, dans des poèmes qui témoignent d'un grand souci formel, **l'ailleurs et l'inconnu** qui pourraient le sauver de l'ennui d'une réalité décevante.

- Dans le poème **« Correspondances »**, issu des *Fleurs du Mal*, l'auteur propose de passer par **l'analogie** pour accéder, en décodant les **symboles** qui peuplent tout ce qui nous entoure, au **mystère du monde** que seuls les initiés perçoivent.

2. L'art de la suggestion : Verlaine et Mallarmé

- Le **symbole** établit le lien entre le monde naturel et sensible, et le monde spirituel. Les mots sont utilisés par les poètes pour leur pouvoir de **suggestion** et non pour décrire ou représenter, comme c'était jusque-là le cas de la poésie.

- Symboliste par excellence, **Mallarmé** (1842-1898) suggère dans ce sonnet, extrait de *Poésies* (1870-1898), l'envol vers une autre réalité grâce à la contrainte formelle, au sens et à la sonorité des mots :

« Le vierge, le vivace et le bel aujourd'hui
Va-t-il nous déchirer avec un coup d'aile ivre
Ce lac dur oublié que hante sous le givre
Le transparent glacier des vols qui n'ont pas fui ! »

- **Verlaine** (1844-1896) donne quant à lui la priorité à la **musique**, obtenue par le travail du rythme et du vers impair, comme dans ce quatrain extrait de *Romances sans parole* (1874) :

« Il pleure dans mon cœur
Comme il pleut
sur la ville ;
Quelle est cette langueur
Qui pénètre mon cœur ? »

3. Rimbaud

- Rimbaud (1854-1891), avec *Le Bateau ivre* qui paraît en 1871, *Une saison en enfer*, recueil composé en 1873 et *Les Illuminations* (1872-1875), repousse les limites du symbolisme.

- Le sonnet « Voyelles » (1883), l'un des poèmes les plus célèbres de l'auteur, est connu pour son côté énigmatique. Associant voyelles, couleurs, formes et sensations, le poète crée des images riches et originales qui laissent libre cours à toutes sortes d'interprétations :

« A noir, E blanc, I rouge, U vert, O bleu, voyelles,
Je dirai quelque jour vos naissances latentes.
A, noir corset velu des mouches éclatantes
Qui bombillent autour des puanteurs cruelles, [...] »

Le surréalisme

FICHE 47

I Aux origines : la rupture

1. Apollinaire

- Si la poésie d'Apollinaire (1880-1918) est inclassable, les poèmes d'*Alcools*, publiés en 1913, frappent par leur modernité, notamment grâce à l'abandon de la ponctuation et à leur adéquation avec **le cubisme** de Braque et Picasso, deux peintres contemporains de l'auteur.

- D'inspiration à la fois **médiévale, mythique et contemporaine**, les images des premiers vers de « Zone », qui conclut le recueil, se télescopent :

« À la fin tu es las de ce monde ancien
Bergère ô tour Eiffel le troupeau des ponts bêle ce matin
Tu en as assez de vivre dans l'Antiquité grecque et romaine »

- Le poète témoigne également dans ***Calligrammes***, publié en 1918, de la violence de la Première Guerre mondiale, comme le montre cette strophe de « Fête » :

« Un poète dans la forêt
Regarde avec indifférence
Son revolver au cran d'arrêt
Des roses mourir d'espérance »

2. Le dadaïsme

- Si Apollinaire franchit le premier le pas vers la modernité, c'est le dadaïsme, revendiquant **l'originalité** et la **spontanéité** de la création artistique, qui, entre 1916 et 1923, signe la rupture.

- Les horreurs de la Première Guerre mondiale conduisent en effet la génération sacrifiée à la **révolte**. Le Roumain **Tristan Tzara** fonde ainsi le mouvement **dada**, en Suisse, en réaction contre les valeurs d'obéissance et de patriotisme établies.

- Marcel Duchamp imagine ainsi la *Roue de bicyclette* en 1913. Cette œuvre dadaïste par excellence, appartenant à la série des *ready-made*, constituée d'une roue de bicyclette fixée sur un tabouret, étonne et dérange ses contemporains autant qu'elle nous amuse aujourd'hui.

II Le groupe des poètes surréalistes

1. Autour d'André Breton

• Désireux de donner tout pouvoir à l'imagination et à la pensée spontanée, des artistes issus du mouvement dada s'associent à André Breton pour créer le mouvement surréaliste, dont le manifeste paraît en 1924. Ils prônent l'utilisation des jeux de langage et des collages pour créer des **images originales et insolites**.

• **Soupault**, Aragon, Éluard et quelques autres tentent ainsi de délivrer la création poétique des contraintes de la raison, en libérant **l'inconscient** mis au jour par les travaux de Freud.

2. L'image surréaliste

• Pour donner à l'inconscient tout son **pouvoir créateur**, les surréalistes favorisent le **rêve**, l'hypnose, ou toute autre activité permettant l'expression de la **pensée spontanée**.

• Dans « Le nageur », extrait du recueil *Georgia* paru en 1926, Philippe Soupault (1897-1990) évoque l'envahissement de son corps par le sommeil :

« je descends sans conviction des marches sans but
et je continue sans regret jusqu'au sommeil
dans les yeux des miroirs et dans le rire du vent »

• Les poètes procèdent également à des jeux, comme le **cadavre exquis** ou **l'écriture automatique**.

• Très utilisée dans l'art pictural, la technique du **collage**, provoquant l'« irrationnel » selon Max Ernst (1891-1976), permet de créer des **images** nouvelles, improbables ou insolites.

• L'image surréaliste doit en effet avant tout **surprendre**, comme celle des premiers vers de « L'amoureuse », un poème d'Éluard, issu de *Mourir de ne pas mourir* (1924) :

« Elle est debout sur mes paupières
Et ses cheveux sont dans les miens »

3. Un mouvement artistique

• Le mouvement s'étend à l'échelle **européenne** et séduit les peintres, comme **Dalí**, auteur des montres déliquescentes de *Persistance de la mémoire* en 1931, ou **Magritte**, qui réalise l'étrange cavalière du *Blanc-Seing* en 1965.

• **Man Ray** étend quant à lui les créations surréalistes à la photographie, et Luis **Buñuel** au cinéma.

De l'absurde au Nouveau Roman

FICHE 48

I L'absurde

1. Une condition humaine sans logique

- Les années qui précèdent et suivent la Seconde Guerre mondiale donnent naissance à une littérature **engagée** et développe paradoxalement un sentiment d'**impuissance** devant l'atrocité des événements vécus.

- Dans *La Nausée,* un roman publié en 1938, **Sartre** nous livre l'expérience angoissante vécue par Roquentin, le personnage principal, qui prend conscience de sa propre existence dans un monde absurde, où rien n'est motivé.

- *La Peste* d'Albert **Camus**, qui paraît en 1947, témoigne également de l'ambivalence des écrivains, dont l'engagement politique se conjugue au **désespoir** de l'homme en lutte contre un fléau qui le dépasse, que ce soit le nazisme ou l'épidémie.

2. Le théâtre de l'absurde

- **Ionesco, Adamov et Beckett** portent cette angoisse au théâtre en abandonnant toute illusion de réalité pour se concentrer sur la **dérision** et la déconstruction du personnage.

- Comme Estragon et Vladimir, dans la pièce ***En attendant Godot*** de Beckett (1952), les personnages du théâtre de l'absurde sont **pris au piège** de leur propre condition humaine, qui se révèle sans but ni logique, et qui les condamne à attendre indéfiniment, en échangeant ou en répétant des mots vides.

- L'intrigue se dilue ou s'absente, privant le spectateur de **repères**. Les dialogues, enfin, ne permettent plus de communiquer et sont renvoyés, dans ***La Cantatrice chauve*** d'Eugène Ionesco, jouée en 1950, à un simple lien entre des personnages **interchangeables**.

- Teintées d'humour noir, ces pièces, qui mettent en scène l'impuissance et le désespoir de l'homme condamné à sa propre solitude, renouvellent le genre tragique.

II Le Nouveau Roman

Le roman subit lui aussi une vague de contestation au sortir de la Seconde Guerre mondiale. Une poignée d'écrivains se révoltent en effet contre l'esthétique réaliste héritée du XIXe siècle, et contre le roman engagé.

1. Les nouveaux romanciers

- En 1950, autour d'**Alain Robbe-Grillet** et de Jérôme Lindon, le directeur des Éditions de Minuit, Simon, Duras ou Butor cherchent à imposer une **« école du regard »** ou un « nouveau réalisme », plus proche de leur conception du roman.

- Selon ces écrivains, l'intrigue et le personnage sont des notions dévoyées et passéistes, dont le caractère illusoire ne dupe plus le lecteur. Pour **Jean Ricardou**, le roman ne doit en effet plus être « l'écriture d'une aventure », mais « l'aventure d'une écriture ».

Deux manifestes : *L'Ère du soupçon* de Nathalie Sarraute (1956) et *Pour un nouveau roman* d'Alain Robbe-Grillet (1963) développent la théorie du Nouveau Roman.

- Plus qu'aux événements racontés, souvent cantonnés à la banalité, les nouveaux romanciers s'intéressent avant tout à la **forme**, et particulièrement au **point de vue narratif**, accordant dans leurs œuvres une large place à la **description**.

2. « L'Ère du soupçon »

- Dans *La Modification* de Michel Butor (1957), la narration du récit s'accomplit à la **deuxième personne** du pluriel, surprenant le lecteur, annihilant le personnage. L'intrigue, ténue, se déroule lors d'un voyage en train entre Paris et Rome.

- **Nathalie Sarraute** quant à elle, dans ***Enfance***, une autobiographie parue en 1983, pratique, selon sa propre expression, **« le soupçon »** à l'égard du roman tel qu'on l'entend généralement. Elle **met en doute** le récit en proposant un dialogue à deux voix avec elle-même : la première voix raconte, la seconde met le propos à distance.

- Les nouveaux romanciers s'intéressent également au **cinéma**. Marguerite Duras et Alain Resnais réalisent ainsi *Hiroshima mon amour* en 1959, un film retraçant le séjour au Japon d'une Française après la Seconde Guerre mondiale, surprenant par sa temporalité éclatée et l'utilisation de la voix off.

Exercice commenté pas à pas

Vers la dissertation

Le théâtre est-il selon vous une bonne tribune pour défendre ses idées ? Vous répondrez à cette question par un développement argumenté, étayé par l'emploi d'exemples littéraires.

Élaborez le plan détaillé d'un axe de ce devoir.

Avant de commencer

- Lisez plusieurs fois le sujet pour en extraire les mots-clés.
- Définissez la problématique, sous la forme d'une question à laquelle votre devoir devra répondre.
- Réfléchissez au plan adopté : dialectique ou analytique.
- Cherchez des exemples précis pour illustrer chacun des paragraphes.

→ Construisez le premier axe du plan dialectique au brouillon, en notant les éléments importants, sans pour autant rédiger entièrement le devoir.

I. Le théâtre, spectacle propice à l'épreuve des idées

→ Chaque paragraphe argumentatif doit être composé d'un argument développé et d'un exemple précis.

1. Le théâtre possède des outils qui favorisent les prises de position des personnages : monologues, dialogues, tirades. Par exemple, dans *Ruy Blas*, le héros éponyme de Victor Hugo développe ses idées politiques dans la tirade de l'acte II, scène IV, portant la parole de l'auteur selon laquelle les hommes méritants valent mieux que les hommes ayant le pouvoir grâce à des privilèges de naissance.

→ Les arguments doivent s'enchaîner, sans se répéter : le raisonnement doit progresser.

2. Le théâtre permet le développement de la rhétorique :
le personnage doit convaincre pour remporter le débat.
Le spectateur peut donc étudier les techniques utilisées pour convaincre et persuader.
Par exemple, Alceste, dans *Le Misanthrope* de Molière, tente de convaincre Célimène ou Philinte, avec un discours construit selon les règles de la rhétorique.

→ Tout en restant dans le domaine théâtral exigé par le sujet, variez les exemples : choisissez des pièces d'époques et de genres différents.

3. Le théâtre est une expression de la satire.
Par exemple, *Le Mariage de Figaro* de Beaumarchais est une pièce qui remet en cause l'ordre social, puisqu'elle dénonce la condition injuste des femmes et attaque même la justice.

BILAN

Les principaux mouvements littéraires et culturels

FICHE 50

QUIZ-Mémorisation active

Questions	Réponses
Quelle œuvre, précédant l'avènement du romantisme, Goethe écrit-il en 1808 ?	Il s'agit de Faust.
Marcel Duchamp est un artiste du XXe siècle. À quel mouvement littéraire et artistique appartient-il ? Comment sa série de sculptures la plus célèbre se nomme-t-elle ?	Marcel Duchamp appartient au mouvement dada. Ses sculptures les plus célèbres sont les *ready-made*.
À quel mouvement littéraire et culturel Mlle de Rambouillet et Mlle de Scudéry appartiennent-elles ?	Ce sont des précieuses.
À quelle époque le classicisme s'impose-t-il ?	Le classicisme s'impose à partir de 1650.
Quelles valeurs principales définissent l'« honnête homme » du XVIIe siècle ?	L'honnête homme doit avant tout être mesuré et rigoureux.
Quel célèbre roman épistolaire appartenant au mouvement libertin a été écrit par Choderlos de Laclos ?	Il s'agit des *Liaisons dangereuses*, publié en 1782.
À quel mouvement littéraire et culturel Hugo, Lamartine, Musset, Berlioz et Chopin appartiennent-ils ?	Ces artistes appartiennent au mouvement romantique.
Qui est l'auteur des romans *Le Rouge et le Noir* et *La Chartreuse de Parme* ?	C'est Stendhal.
Leconte de Lisle a fédéré des poètes comme Baudelaire, Mallarmé, Verlaine et Gautier en un groupe particulier. Comment se nommait-il ?	Ces poètes formaient le Parnasse.
« La terre est bleue comme une orange » est une célèbre image poétique. Quel poète en est l'auteur ? À quel mouvement littéraire appartient-il ?	L'auteur de cette célèbre image est le poète surréaliste Paul Éluard.

SCHÉMA-BILAN

Les principaux mouvements littéraires dans l'histoire

Moyen Âge →
- Chansons de geste
- Littérature courtoise et *fin'amor*

XVIe →
- L'humanisme
- La Pléiade

XVIIe →
- Le baroque
- La préciosité
- Le classicisme

XVIIIe →
- Le libertinage
- Les Lumières

XIXe →
- Le romantisme
- Le réalisme
- Le naturalisme
- Le Parnasse
- Le symbolisme

XXe →
- Le surréalisme
- La littérature engagée
- L'absurde
- Le Nouveau Roman

L'épreuve de Français

FICHE 51

Les épreuves de Français sont **anticipées** par rapport aux autres épreuves du baccalauréat : elles ont lieu à la fin de la classe de **première**.

I L'épreuve écrite

Durée : 4 heures.
Coefficient : 5.

• Le sujet de l'épreuve se présente sous la forme d'un **texte** qui s'inscrit dans le cadre des quatre **objets d'étude** du programme de la classe de première :
- le **roman** et le **récit** du Moyen Âge au XXIe siècle ;
- le **théâtre** du XVIIe siècle au XXIe siècle ;
- la **poésie** du XIXe au XXIe siècle ;
- la **littérature d'idées** du XVIe au XVIIIe siècle.

• Pour les séries générales, deux **travaux d'écriture** sont proposés :
– un **commentaire de texte** ;
– une **dissertation** portant sur l'une des œuvres au programme. Vous aurez le choix entre trois sujets.

• Pour les séries technologiques, l'épreuve consiste, au choix, en un **commentaire** ou une **contraction de texte** suivie d'un **essai**. Le commentaire porte sur un texte littéraire en lien avec l'un des objets d'étude du programme, à l'exception de l'objet d'étude « Littérature d'idées du XVIe au XVIIIe siècle ». Le sujet de l'essai porte en revanche sur un thème en rapport avec ce dernier objet d'étude.

• Durant les quatre heures imparties, vous devrez effectuer une **lecture intelligente** et approfondie du texte et **traiter** l'un des travaux d'écriture proposés.

II L'épreuve orale

Durée : 50 minutes (préparation : 30 minutes ; exposé : 20 minutes)
Coefficient : 5.

• Durant la première partie de l'épreuve orale (12 minutes), le candidat doit rendre compte de la **lecture d'un texte** et répondre à une **question de grammaire** liée à celui-ci.

- Tout au long de l'année, le professeur établit un **descriptif** des activités et des lectures menées. Ce descriptif, récapitulant les groupements de textes, les œuvres intégrales et les lectures cursives, est envoyé au centre d'examen.
- Dans ce descriptif, l'examinateur choisit le **texte** ou l'**extrait** de texte sur lequel va porter la première partie de l'oral, et l'accompagne d'une **question**. Il peut être tiré de l'un des groupements étudiés en classe, ou de l'une des **œuvres intégrales** expliquées.
- La longueur du texte est variable, mais excède rarement deux pages. La question écrite posée par l'examinateur amène le candidat à étudier un **aspect particulier** du texte, et à l'interpréter.
- La seconde partie de l'épreuve (8 minutes) est consacrée à la **présentation d'une œuvre** choisie parmi celles étudiées en classe ou proposées en lecture cursive. Cette présentation est suivie d'un entretien.

Élaborer un commentaire ou une contraction de texte

FICHE 52

• Le commentaire est une lecture expliquée, organisée et rédigée d'un texte.

• La contraction de texte est un résumé qui reprend, sans les trahir, les idées principales exprimées.

I La préparation

Numérotez les lignes du texte, puis effectuez-en une lecture attentive, une feuille de brouillon près de vous.

1. La contraction de texte

• La contraction de texte porte sur un **texte argumentatif**. Délimitez donc les **différentes parties** du texte pour percevoir sa **structure**.

• **Soulignez les idées principales**, que vous différencierez ainsi des exemples illustrant le propos.

• Notez au brouillon de manière claire, en employant vos propres mots, les **différents arguments** avancés par l'auteur, de manière à constituer **le plan de votre résumé**.

2. Le commentaire

• Notez au brouillon toutes vos **impressions** de lecture.

• Examinez d'abord le texte dans son **ensemble** : récapitulez ce que vous savez de son auteur, du mouvement littéraire auquel il appartient, de son genre littéraire et des registres employés, de sa structure, mais également des champs lexicaux qui le composent.

• Procédez ensuite à une lecture **détaillée** en vous attachant aux mots, aux figures de style, aux points de vue narratifs, aux types et formes de phrases.

• Lorsque l'analyse du texte est terminée, reprenez votre brouillon et, à l'aide de couleurs, soulignez les éléments qui se rapportent à une même **idée directrice**. Vous obtiendrez ainsi vos **axes de lecture**, et les grandes parties du plan de votre commentaire.

• Organisez ensuite, toujours au brouillon, un **plan détaillé** et thématique. Comme la dissertation, le commentaire est un **exercice d'argumentation**. Il faut donc argumenter pour montrer la véracité des éléments de lecture que vous avancez.

II La rédaction du commentaire

1. Le paragraphe d'introduction et de conclusion

• La première phrase de l'introduction présente l'auteur, le titre et la date de parution de l'œuvre de laquelle le texte est extrait. Vient ensuite l'exposé de la **problématique**, c'est-à-dire de la singularité du texte, que votre devoir va montrer. L'annonce du plan permet enfin de guider le lecteur dans les grandes étapes de votre réflexion.

• La conclusion présente, quant à elle, le **bilan** des différentes parties de votre commentaire, puis la réponse claire et concise à la problématique énoncée dans l'introduction, et enfin un élargissement original, qui établit par exemple une passerelle intéressante entre le texte et d'autres œuvres littéraires.

2. La rédaction du développement

• La rédaction du **paragraphe** de commentaire commence par l'énoncé de l'idée directrice ou de l'argument, que l'on explique ou que l'on prouve ensuite grâce à l'analyse des procédés d'écriture du texte. Chaque élément d'analyse doit donner lieu à son **illustration** par une citation exacte du texte, entre guillemets.

• Veillez à employer un vocabulaire **précis** d'analyse littéraire. Apprenez le nom des principales figures de style, des différents registres, et nommez les mots par leur classe syntaxique (nom, verbe, adjectif, etc.).

• La difficulté de la rédaction du commentaire réside bien souvent dans l'introduction des **citations**. Constituez-vous tout au long de l'année une banque de formulations qui vous fera gagner du temps le jour de l'examen.

III La rédaction de la contraction de texte

• La contraction prend appui sur un texte relevant d'une forme moderne et contemporaine de la littérature d'idées. L'objectif est de **rendre compte**, sans la trahir et sans rien omettre, de la pensée de l'auteur.

• Reprenez les idées écrites au brouillon et **travaillez l'expression** pour la rendre la plus claire et **efficace** possible. Utilisez des **connecteurs logiques** (*cependant, par conséquent, en effet...*) ou encore des **connecteurs marquant l'addition** (*tout d'abord, de plus, enfin...*) pour souligner les articulations du texte source.

• Le texte d'origine doit être réduit au quart. Respectez scrupuleusement le **nombre de mots** imparti et notez-le à la fin de votre copie.

Rédiger une dissertation ou un essai

FICHE 53

I Comprendre le sujet

1. Des travaux argumentatifs

- L'essai et la dissertation sont des travaux d'argumentation, qui viennent en réponse à un sujet donné. Ce sont des exercices qui nécessitent la maîtrise de la **technique argumentative**.

- La dissertation est un devoir en deux ou trois grandes parties, alors que l'essai est plus court et de forme plus libre.

2. Le sujet

- Le sujet est en général court, présenté sous la forme **interrogative**. Il est à mettre en relation avec les œuvres au programme. Par exemple, le sujet pourra être le suivant : « Le comique, dans une pièce de théâtre, ne sert-il qu'à faire rire ? »

- Il est important **d'analyser** le sujet, d'en comprendre les **enjeux**, et de mobiliser sa culture littéraire ainsi que son expérience des textes pour y répondre.

- Cette analyse doit déboucher sur une **problématique**, c'est-à-dire sur l'énoncé d'un problème précis. Ici, on pourra se demander à quelles fins le théâtre utilise le comique et quels en sont les effets sur le spectateur.

II Élaborer un plan

Le plan est une **mise en ordre** de la réflexion. Il dépend donc du sujet et de la problématique. Dressé au brouillon, il peut être analytique ou dialectique.

1. La dissertation : plan dialectique ou analytique

- Le plan dialectique permet de **discuter** une thèse. On utilise ce type de plan pour traiter un sujet qui demande une prise de position, comme : « Écrire un roman vous semble-t-il être un moyen efficace pour changer le monde ? »

- Dans la première partie de votre dissertation, vous vous appliquerez à exprimer **la thèse**, et direz ainsi en quoi l'écriture d'un roman peut changer le monde. Dans une seconde partie, vous évoquerez l'antithèse, en expliquant les limites de l'écriture du roman appliquée à cette fonction.

- Le plan analytique permet d'analyser un problème, en apportant des réponses thématiques.
- Le sujet : « Dans quelle mesure écrire une autobiographie revient à donner du sens, voire à inventer sa vie ? » implique que l'on réponde en traitant chaque thématique indiquée.
- Dans une première partie, vous évoquerez ainsi ce qui permet de dire qu'écrire une autobiographie donne du sens à sa vie. Dans une seconde partie, vous expliquerez en quoi cet exercice revient à inventer sa vie.

2. L'essai

Le plan d'un essai répond à une question, sous la forme de paragraphes argumentatifs, dans lesquels vous livrez votre opinion. Le plan sera donc constitué des différents arguments et exemples étayant la thèse que vous souhaitez défendre.

III Rédiger

1. Introduction et conclusion

- Une fois le plan construit au brouillon, il faut également rédiger le paragraphe d'introduction et le paragraphe de conclusion de votre devoir. Ce sont des parties très codifiées, auxquelles il faut apporter le plus grand soin.
- L'introduction commence par une phrase situant le thème du devoir. Évitez l'emploi de généralités comme « de tout temps » ou « depuis toujours » pour cette entrée en matière. Viennent ensuite l'énoncé du sujet, de la problématique, puis celui des différentes parties du plan.
- La conclusion, quant à elle, reprend le bilan des grandes articulations de votre devoir, une réponse courte et concise à la problématique, ainsi qu'une ouverture originale sur une autre façon de traiter le problème posé.

2. Le paragraphe argumentatif

- Chaque grande partie du devoir commence par l'énoncé de l'idée directrice, et se compose de paragraphes argumentatifs.
- Ces paragraphes, reliés entre eux par des connecteurs logiques, sont fortement structurés : ils commencent par l'énoncé de l'argument, se poursuivent par son explication, et se terminent par un exemple concret et précis, emprunté à la littérature, qui l'illustre.

Crédits iconographiques : p. 21, 78 : © MP/Leemage – p. 26 : © Lipnitzki/Roger-Viollet – p. 46, 51, 71 : © Bridgeman Art Library – p. 49 : © Selva/Leemage – p. 52 : © AKG – Images/Erich Lessing – p. 79 : © Photo Josse/Leemage – p. 80 : © Kharbine/Tapabor – p. 62 : © Corbis – p. 91 : © Leemage.

Édition : Marie Gendrier

Conception graphique : Muriel Ouziane

Mise en pages : Nord Compo

5, allée de la 2e DB - 75015 PARIS
www.magnard.fr
www.specialbac.magnard.fr

PEFC PEFC/30-32-821

Achevé d'imprimer en novembre 2021 par Wilco aux Pays-Bas
Dépôt légal: janvier 2022
N° éditeur MAGSI20210714